大泉黒石

大泉黒石

Ooizumi Kokuseki

わが故郷は世界文学

四方田犬彦

Yomota Inuhiko

岩波書店

目次

一　虚言の文学者

「世間で通例に想像している以上に、ウソをつきたくなる動機は種々様々である。その内容から言っても、以前は「ウソらしきウソはつくとも、誠らしきウソはつくな」とも謂って、そのすべてを悪い事とは考えておらず、結果から見ても、中にはおかしがってわざわざ聴きに来る者もあったくらいで、つまりは担がれている時間の長さ短さが、面白くないと面白いとを区別していたのである。小さい児などのウソをついているのを注意してみると、相手が笑って聴けば笑いながら、いつまでも語り続けるが、やや真顔になって信じてしまいそうな容子が見えると、あわてて「今のはウソなのよ」と取消そうとする者と、更に一歩を進めて効果を見ようとする子とがある。いずれにしても最初は気軽な戯れの心持をもって、これを試みない者は無いのであるが、「ウソつき泥棒の始まり」などと一括して、是を悪事と認定するような風潮が起こった結果、彼らは追々にウソを隠すようになってきて、新たに不必要な罪の数を増したのである。こういう点にかけては、近代人は劫(かえ)って自由でない」

柳田国男が「ウソと子供」なる小文のなかで子供の遊戯的な虚言能力を賞賛し、その背後には自制力が自然に備わっているという事実に気を留めるよう促したのは、一九二八年のことであった。後に彼はこの文章をはじめとする虚言論考を『不幸なる芸術』(一九五三)に纏め、かつては芸術として人々の愉しみであったウソが、近代にいたって不幸にも貶められ、悪と見なされるようになった経緯を嘆いている。

「歴史的にこの沿革を見ると、以前はウソつきは一つの職であった。業とまでは言えない村々のおどけ者でも、常に若干の用意と習熟とがあり、誰にも望めないで或る一人はよく知られ、それを特長として人からも承認するのみか、少しく技能が衰えるとたちまち取って替ろうとする者が現われるなどは、いずれもその地位の偶然でなかったことを思わせる。即ち名声をもって無形の報酬としていた点だけは、学者文人などとも大して異なるところはなかったのである。高名の嘘つきはどの地に行っても永く記憶されている。英雄と同じように多くの逸話を留めている」(「ウソと文学との関係」一九三二)

柳田は、ウソつきが学者文人にも近い存在として扱われ、英雄然とした逸話のもとに語り継がれてきた時代が存在していたことを指摘している。ウソは人を騙して目先の利益を得ようとする、不心得者の思いつきなどではなく、話術として洗練された技術をもち、日夜研鑽を怠ってはならない専門芸として、職業的に成立していたという。ウソを仕掛けられた者は不利益を被って怒るのではなく、むしろそのウソの巧みさに笑った。やがて次の段階では、「談話者が自ら哄笑の目的物となることを便とするに至ったのである」。

もっとも芸術としての虚言礼賛は、近代化の途上にあって失われていくものを惜しんだ、日本の一民俗学者に固有のものではなかった。柳田から遡ること約半世紀、日本趣味(ジャポニスム)咲き誇るロンドンの地では、オスカー・ワイルドが「虚言の衰退」(一八八八)なる対話篇を発表し、虚言、つまり美しい非真実を語ることこそが、芸術に固有の目的であると宣言している。

「現代の文学の大方に見られる奇妙にして陳腐な特徴の主たる原因のひとつとは、間違いなく芸術として、また知識(サイエンス)と社会的快楽としての虚言の衰退である。往古の歴史家は事実という形のもとに、悦ばしき虚構を与えてくれたものだった。昨今の小説家は虚構に身を窶(やつ)して、退屈な事実を差し出してくれるだけだ」

「現代のこの偽の理想のおかげで文学一般が蒙った損失は、どんなに言葉を費やしても過言ではない。「生まれつきの詩人」を云々するかのように、人はうかつにも「生まれつきのウソつき」のことを話すものである。しかし、そのどちらも正しくない。虚言と詩作は(プラトンが説いたように、まんざら互いに無関係というわけではないのだが)芸術なのであり、丁寧な研究と公平無私な愛情を必要としている。そう、いずれもが技術に立脚するものであるのは、絵画や彫刻といった物質的術が形態と色彩に関して微妙な内緒ごとやら、職人独特の秘密やら、慎重に考え抜かれた芸術的手法やらを抱いているのと同様なのである。人は美しい音楽を通して詩を知るように、リズミカルで豊かな言葉遣いを通して虚言を認識するのである」

こうしてワイルドは虚言と詩作が似通っていることを力説する。だがいずれの術も現在では不当に貶められてしまったと、彼は嘆いてみせる。

「現代では、詩作の流儀があまりにありふれてしまい、こういってよければ、人を落胆させるべきものに堕してしまったように、虚言の流儀もほとんど不名誉なものに低落してしまった。ここに事物を誇張するという天賦の才をもった若者たちが少なからずいたとして、人生を開始するにあたって快適で共感に満ちた環境で育てられ、また最上のモデルを真似ることを許されていたとしたら、真に偉大ですばらしい、傑出した人物になることがあったかもしれない。しかし、世の常として、彼は何ものにもなれない。正確さという無神経な習慣のうちへ低落してしまうからである」

ワイルドと柳田は期せずして虚言に対し、きわめて近い考えを持っていた。前者は近代に到って「正確さという無神経な習慣」が蔓延したおかげで、本来が詩的言語と同様に芸術と見なされていた虚言が零落してしまったことを嘆いている。後者もまた前近代にあっては愉しみと考えられていた虚言が、道徳的に悪だと判断されることで排除され、社会に不寛容を招き寄せてしまったことを惜しんでいる。いずれもが虚言こそは、芸術の根源に通じる技芸として尊重されるべきであるという認識において共通している。彼らはともに、ホイジンガが『ホモ・ルーデンス』の中で説いた人間の定義、すなわち遊戯をする者こそ人間であるという立場に通じる聡明さをもち、近代社会の文化的狭量を批判したのだった。

今ここに、虚言家という汚名のもとに文壇から葬り去られ、零落の果てに人生を終えた文学者がいる。大泉黒石（おおいずみこくせき）（一八九三―一九五七）である。大正時代に一世を風靡し、一時はその短編をもって芥川龍之介のライヴァルとまで噂された人物であるが、既存の作家たちの権威を平然と無視し、一見荒唐無稽にも思われかねない自伝的物語を披露したため、そのことごとくが虚言ではないかと疑われ、文壇と呼ばれる閉鎖的なムラ社会から追放処分を受けた作家である。

黒石にとってワイルドの虚言論は当然の前提であった。「天女の幻」（一九二二）という短編の末尾に彼は記している。「オスカア・ワイルドは、昔の文学者は空々しい嘘を真実らしく吹聴するのに巧みであり、今日の人はその裏を行くというようなことを言ったが、もっともなことだ。この話もそうである」。

大泉黒石

黒石は日本人とロシア人の混血であることを売り物とし、その奇想天外な冒険記で評判を得たが、社会が後ろ向きとなり、国粋主義が横行するようになると、それが逆に災いした。日本語とロシア語はもとより、フランス語、ドイツ語、英語にも堪能で、ロシア文学研究者としても翻訳家としても一流ではあったが、それが同業者たちの嫉妬と憎悪を招いた。古来、日本人は愚直の才を歓迎こそしても、多才な者を敬遠する。黒石の軽妙で反語的な饒舌は、警戒されることはあっても、大方の信頼を勝ち取ることができなかった。雑誌社という雑誌社、出版社という出版社から締め出され、彼は糊口の資を得るために文学を棄てなければならなかった。

だがはたして彼の饒舌が虚言だったのか。それともアイロニーに裏打ちされた真実であったのか。それを事実に照合して確認することは、現在ではほとんど不可能でありまた無意味である。ただひとつ明らかなのは、その文学が「虚言」の名のもとに貶められ、排除されたという事実である。そしてこれから批評家としてのわたしが本書を通して意図しているのは、大泉黒石という文学者の作品を通して造話行為 fabulation なる行為を擁護し、そこに文学の根源を認めておきたいという一言に尽きている。

大泉黒石は今日、あらゆる日本文学史から排除されている。相当の文学通でないかぎり、その名前を記憶している人はいないだろう。一九六〇年代末から七〇年代にかけて、夢野久作や久生十蘭、また小栗虫太郎や国枝史郎といった、それまで正統的な文学史では無視されてきた作家たちが次々と復権した時にも、なぜか黒石だけはほとんど話題にならなかった。没後三〇年にあたり、一九八〇年代後半には緑書房を発売元として全集が刊行された。もっとも残念なことに第一期で終わってしまい、収録されなかった作品は少なくない。研究家が精緻な評伝を執筆することもなければ、晩年に到る正確な年譜も存在していない。端的にいって全体像がいまだに掴めないのである。

大泉黒石は本名を清といい、一八九三年(明治二六年)十月二一日、長崎県八幡町に生まれた。父親はロシアの外交官アレクサンドル・ステパノヴィチ・ワホーヴィチ、母親は本山恵子である。アレクサンドルは農家の出で、ペテルブルク大学で法学の学位を得、皇太子時代のニコライ二世の侍従として来日し長崎を訪れた。このとき接待役を務めたのが十五歳の本山恵子だった。彼女は下関の税関長の娘でもとよりロシア文学に強い憧れをもち、ロシア語を学んでいた。ロシア名はケイタである。

二人の結婚は周囲から猛反対を受けたが、彼らの意志は固く、やがて二人は漢口の領事館で蜜月を過ごした。やがて恵子は実家に戻って清を出産。だが産後の肥立ちが悪く、一週間後に死亡。清は母の記憶もないまま母方の祖母に引き取られ、その家名である大泉を継いだ。彼は小学校三年までを長崎で過ごした後、父親が領事を務めている漢口に向かった。ところがここでも父親と死別。父親はウラジオストックの墓地に埋葬される。清は父方の叔母に連れられロシアに向かい、キヨスキーとしてモスクワの小学校に転校。このあたりから黒石の国際的「浮浪人」ぶりが開始される。伯父に連れられ父親の故郷を訪ねたところ、そこで遊びに行った先の老人が文豪トルストイであった。

黒石の父, ワホーヴィチ

孤児の少年はその後パリに移り、寄宿舎に住みながらリセに通う。しかし不品行ゆえに退学処分となる。スイス、イタリアを転々とした後に長崎に戻るが、鎮西学院中学を卒業すると一九一五年、再度ロシアに渡り、ペトログラード(現在のサンクト・ペテルブルク)の高校に入学。学費が払えたのは父親の遺産があってのことだった。一九一七年ロシアに革命の嵐が吹き荒れると、帰国して京都の旧制第三高等学校に入学。ここで幼馴染の福原美代と結婚。このあたりで遺産が尽きたのか、スイスにいる叔母からの送金が途絶えたのか、学費が払えず三高を退学。上京して第一高等学校に移るが、ここも退学。月島の長屋に居候し、まずは石川島の造船所で書記見習いとなる。だがそれで落ち着く黒石ではない。流れ流れて屠畜場や靴工場で経理を担当したり、さまざまな職業を体験する。

一九一八年、シベリア出兵に乗じて三度目のロシア行。今度はチタの新聞社で記者稼業だという触れ込みだったが、どうも真相はわからない。だが翌年帰国し、行く先に思い悩んでいた時、思いがけず幸運が舞い込んでくる。中央公論社の辣腕編集者滝田樗陰(たきたちょいん)から日露混血児としての自伝を執筆するように求められたのだ。樗陰が編集長を務めていた『中央公論』はこの当時、文壇への登竜門であった。そこで後に『俺の自叙伝』となる自伝を『中央公論』に発表したところ、たちまち大好評。次々と続編、続々編を執筆しているうちに、流行文士として押しも押されもせぬ身になってしまった。

一九二二年には古代中国の哲学者を主人公として長編小説『老子』を発表。これもたちまちベストセラーとなる。一九二三年には若き溝口健二監督と組んで、日本で初の表現主義的映画『血と霊』の制作に関わる。関東大震災の直後に公開されるという不運のおかげで話題にこそならなかったが、日本映画史に記憶されるべき前衛作品となった。

しかし黒石はこの頃から意図的な差別と迫害を受けるようになる。そのあまりの人気の高さに脅威を感じた既成作家たちが、失地回復を狙わんとしていっせいに黒石降ろしの共同戦線を張ったのである。自伝の細部にある不整合を指摘し、わざわざ滝田樗陰編集長にご注進する者もいれば、黒石はまったくロシア語を解さないという噂を広めてまわる者もいた。黒石は虚言症だ、いや偽物のロシア人だという風評があい続き、折からの国粋主義による混血児差別がそれに加わって、流行作家を苦境に陥れる。樗陰が亡くなってしまうと、後ろ盾を失った黒石には誰も声を掛けなくなってしまう。子沢山の黒石は夫人との間に四男五女を得たが、一九二八年には長男の中学校の入学金を工面するにも苦労する惨状とあいなった。

一九三〇年代になると、黒石は小説の創作から撤退し、もっぱら温泉評論と山岳紀行に活路を見出す。だが日米開戦ともなればそれもうまくいかない。どんな雑草も調理しだいで食用となるといった実用書を執筆。戦後の黒石については、知られていることはほとんどない。得意の語学を生かして横須賀のアメリカ海軍基地で通訳として生計を立て、アルコールに耽溺する毎日であったと伝えられる。一九五七年一〇月二六日に死亡。享年六四。晩年はさぞかし無念の思いを抱いていたことだろう。

以上が通り一遍の説明である。もっともこの程度ですむほどに、文学者黒石は単純な存在ではない。

滝田樗陰に見出され流行作家となる以前から、彼はすでにロシアに強いジャーナリストとして活躍していた。『俺の自叙伝』の刊行以前にも、ロシア関係の単行本を二冊まで刊行している。文壇における差別迫害が激しくなった一九二七年には、「新浪漫派」文芸雑誌と銘打って、独力で雑誌『象徴』を刊行し、五号に及んでいる。単なる没落したベストセラー作家と呼んですますには、実態はあまりに複雑である。またここに要約してみせた物語のなかにも、多分に伝説的に脚色されて流布している部分があるかもしれない。

だがわたしの目的は警察での調書作成ではない。溢れんばかりの造話力をもった文学者が、自分の人生を素材にどのような物語を編みだし、どのような文学作品を構築したかの軌跡を辿ることである。優れた作家は自分の人生の物語を他者によってではなく、みずからの世界観に導かれるまま、自在に語る権利を携えているはずだ。もし黒石の自叙伝にいささかでも虚構があるのだとしたら、彼の文学はそれゆえにいっそう輝いていると、現在のわたしは考えている。

二　トルストイを訪問した少年

「モスコウで僕は一冬を過ごすことに決した。元来こんな寒い淋しい処で、而も十一月から十二月、一月と一番寒さの厳しい百幾日を二重ガラスの窓の中に閉ぢ籠らねばならなくなつたのは、丁度伯母がフランスの田舎へ出掛けた後で僕の懐が平生より痩せてゐたのが一つの理由だつた。

僕の親父は四五年前に支那で死ぬし、露西亜に多くの知り合ひが未だ出来ない内なので、二人の伯父もペトログラードで医術施行のために出掛けてゐて留守だつたから、僕の居る下宿の人々より外に、伯母の後を追つてフランス迄出掛けるか、それとも、もつと暖かい地方へ雪が降り出さぬ前に、逃げ出さうと思ふから、少しばかり金を立替へて置いて呉れとも言ひ兼ねたのだつた」

『トルストイ研究』一九一七年(大正六年)十一月号に掲載された、「杜翁の周囲(1)」の冒頭である。時に大泉黒石二四歳。この筆名のもとに彼が最初に執筆した文章であった。

『トルストイ研究』は「トルストイ会」が編集し、新潮社が発売元となって、一九一六年に創刊された月刊誌である。菊判七二頁。会の主宰者の加藤武雄が創刊号に寄せた言葉によれば、「新人道主義の機関として、混沌たる現下思想界の一角に一道の光明を掲げ度い」というのが、会の目的

『トルストイ研究』1917年11月号

であった。創刊号は翌日に完売。ただちに増刷したが、それも完売という人気であり、雑誌は一九一九年まで、二九冊が刊行された。

ときにドストエフスキーやツルゲーネフが特集されることもあったが、主たる記事はトルストイに関するものであった。トルストイの童話や短い文章の翻訳。その宗教観、民族観、文化観をめぐる論考。昨今の海外での研究動向の報告。創刊号のアンケートでは、漱石門下の森田草平から白樺派の武者小路実篤まで、大正時代の文学者が勢ぞろいして回答を寄せている。ロマン・ロランのトルストイ論が訳出されたりもしている。

もっとも目次で執筆陣を眺めてみると、英語文献を通してトルストイに接近していった著述家が目立つ。昇曙夢(のぼりしょむ)を別とすれば、ロシア文学者の論考で見るべきものはない。早稲田大学に露文科が設けられるのが一九二〇年であるから、まだこの時期にはロシア語の原書でトルストイを読むことのできる者はほとんど存在していなかった。とはいえトルストイを墨子や親鸞と比較する論文があるのは、近代日本の知識人として面目躍如という気がしないでもない。広津和郎(ひろつかずお)などはトルストイ帰依者とは別の観点に立って、トルストイの言説の矛盾を堂々と批判している。戦後の本多秋五の『戦争と平和』論のような重厚な作品論こそないが、今から一世紀も前に異国の文学者に特化した月刊誌がこのように刊行されていたことは、文学史的に特筆すべきことであるように思われる。

黒石の「杜翁の周囲」は二回にわたって掲載された。先に引用した冒頭を読んだだけでも、それが雑誌の真面目な雰囲気のなかできわめて異彩を放っていたことは容易に推測できる。トルストイに会った黒石は十歳か十一歳。モスクワの小学校に転校して最初の冬とこれに続く文中にあるので、おそらく一九〇三年から〇四年にかけてのことだろう。ちなみに当時、トルストイは七六歳で、畢生の大作『復活』を完成させておよそ五年後、文学的名声は世界に鳴り響いていた。もっとも国家と私有財産を否定するに至った文豪は、ロシア正教会から破門され、ヤースナヤ・ポリャーナの農園に籠って、独自の宗教論、道徳論の執筆に勤しんでいた。

さて黒石少年はモスクワの賄いつき素人下宿に滞在している。食事があまりに酷いのに閉口するが、それ以上に我慢がならないのは、下宿の女将が彼を本名の「キヨシ」ではなく、「キヨスキー」と、勝手にロシア風に呼ぶことだ。ある時、モスクワの病院を畳んでペトログラードで医師をしている伯父（父親の弟）が到来し、彼を父親の故郷に連れていく。二人はクリスマスの直後、大雪のなかを馬車に乗って、ヤースナヤ・ポリャーナへと向かう。

このあたりから話が不思議な展開を見せるのだが、路上には汚らしい乞食然とした男がいて、誰かと思うと、下宿先の

晩年のトルストイ

娘婿のイエドロフである。彼はひと月ほど前に家を出奔し、放浪の果てにこの田舎まで流れてきたのだ。さらに先まで進むと、これもまた汚い痩犬を無理に引っ張っている髭の老人に出会う。イエドロフは以前に小銭を恵んでもらったというのでこの老人に親愛の情を抱いているが、「モスコーの別荘の旦那」という以上には何も知らない。

「爺さんの大きな横平な鼻の頭は蕪の根のやうに赤くなつて、灰色の口髭にぶら下つてゐる鼻汁が、口をもく〱動かす度に落ちさうであつたが、爺さんは何時かなそれを啜り上げようとしない」。彼は「黒茶がゝつた外套」を着ていて、少年は「その棕櫚の皮のやうな、さゝくれた毛織の糸が触つたらざら〱しさう」に思われてならない。

ともあれ少年は伯父に連れられ、この老人の家の中に入る。老人は彼に「お父さんの墓へ行つたかい」と訊ね、名前を聞く。不思議なことに、それまで「キヨスキー」と呼ばれることに反発していた少年は、なぜかこの時、みずからをそう名乗ってみせる。すると老人は、

「「キヨスキー」と言ひ乍ら、先刻のやうに僕の片腕を摑まへて、爺さんの膝の方へ引き寄せて置いて、僕の額を検査し始めた。伯父はにこ〱笑つてゐる。

「ステパノに似て居る。」と呟いて、一寸抱へる真似をした」

この後、老人がイエドロフの妻に、夫の出奔を赦すようにと手紙を執筆し、「愛するレオ・トルストイ」と署名するのを見て、少年は彼の名前を知る。老人は少年の父親、アレクサンドル・ステパノヴィッチと親しい間柄であり、少年の顔を見てつい一年ほど前に物故した彼のことを思い出し

たのであった。

少年は翌日も伯父に連れられ、ふたたび老人と会う。今度は事件が起こる。近隣の農民が狩りの最中、巨大な氷柱に頭をぶつけ、重傷を負ってしまったのだ。一行はただちに現場に駆け付ける。トルストイ老人が足で雪を掃(はら)うと、農民が携えていた猟銃が現れる。残念なことに農民は死んでしまう。一行は焚火を囲みながら、その臨終を見守る。やがて少年は日本に帰国し、しばらくして老人の訃報を知らされる。「僕は、此時の光景(ありさま)を思ひ出した。机の抽斗から、僕の親爺や此爺さんの写真を取つて、壁に吊るしたまゝ暫く眺めてゐたことがあつた」。

「杜翁の周囲」は少年時の回想という形をとってはいるが、見方を変えてみると、みごとな短編小説としても読むことができる。冒頭は一見面白半分の気楽な調子で書かれているように見えて、結末に向かうにつれ、語り口がしだいに簡潔で禁欲的となり、悲壮な調子で収斂していくあたり、とても単なる探訪記とは思えない風格を持っている。文章にはときに格助詞に怪しげなところがあり、不自然に長々と続く部分がないわけではない。だが幼少時からロシア、フランス、スイス……と、異国の地を転々とした青年が、生まれて初めて発表した日本語での文章だとは信じがたいほどの完成度を示している。ちなみにここで黒石が一人称に「私」や「俺」ではなく、「僕」を用いていることにも留意しておきたい。

トルストイ会の会員たちは、この原稿をどのような気持ちで受け取ったのだろうか。ただちに判明するのは、それが徹頭徹尾、私的な物語の披露であり、学者たちの威厳のある文体とはまったく異なった文体のもとに書かれていることだろう。何しろこの国際的な孤児は、幼くしてすでにロシア語に堪能であった。しかも彼は世界の知識人の崇拝の的であるトルストイの名前も知らないというのに、彼の家を気軽に訪問し、親しげに会話をしたのである。とはいえ、これが文筆家としての大泉黒石のデビューであった。彼がこの時点ですでに「黒石」という筆名を用いていたことに注目したい。

さて若き日の黒石はもう一篇、今度はきわめて重要な論文を執筆している。雑誌『露西亜』に発表された「露西亜の伝説俗謡の研究」(一九一八)である。やがてそれは『ロシヤ秘話 闇を行く人』(日新閣、一九一九)に収録された後、『露西亜文学史』(大鐙閣、一九二二)第一篇に「口伝文学と其時代」として置かれることになった。史謡三篇の翻訳を含み、原稿用紙にして二〇〇枚ほどの論考である。ロシア文学を無文字時代の口承叙事詩から説き起こすという、黒石の文学観の射程の長さを物語るものとして、ここで触れておきたい。

ロシアでは、「ブィリーナ былйна」と呼ばれる口承詩が中世にあって盛んに作成された。それを担ったのはもっぱら半農半職人の吟遊詩人で、彼らは村から村へと廻っては、一定のリズムと独自の節回しのもとに英雄物語を吟唱してきた。日本でいうならば『平家物語』を弾き語る琵琶法師、セルビアではコソヴォでのトルコ軍との戦いを弦楽器の旋律に乗せて語るグスラールが、いくぶん彼らに似ているかもしれない。もっとも文学ジャンルとしてそれが興隆を見たのは十六世紀までで、十九世紀に知識人の手で蒐集と研究が開始されたが、現在では現役の芸術としては消滅して久しい。

　黒石はそうした「伝説俗謡（ブイリヌイ）」をことのほか重視し、ロシア文学とは俗謡（ビリナ）から昔話（スターリナ）へ、コザック詩（カザチェスキア）、青年詩（モロデイエツキア）、無名詩（ペジミアニニア）へと発展し、最後に散文小説（スカズカ）に到達するという見取り図を抱いていた。彼はモスクワ大学の歴史雑録と若干の学者たちの講演記録だけを参考にして、ロシアにおける俗謡の文化史的価値を十全に説いている。フランスやギリシャは「神が建設した国土」である。それに対しロシアは「人間が建てた国土」であって、ロシア人は「自然神話の神々を局限するにその対象を、其時代の歴史的事実、歴史的人物に求めた」。約（つづ）めていうならば、史詩俗謡とは「地上の人間の記録」なのだと書いている。

　伝説俗謡は九八八年から一一四七年、つまりロシアに初めてキリスト教が持ち込まれた年から、年代記にモスクワが登場する年までの、ほぼ一世紀半の間に成立したと、黒石は説く。それは天才的な技量をもった個人の業ではなく、団体（共同体）の仕事であり、「歴史的というよりも、荒唐な神人的な個性」であり、「事実は歴史にあったことでも、動いている俗謡中の主人公などは、歴史を超越している」。こうした例として彼は「青い酒 イリヤの変装」なる一篇を訳出している。英雄イリヤがキエフ大公ウラジミルの宴席に変装して現われ、油断をした者たちに酒を勧め、これを次々と倒していくという筋立ての伝説俗謡である。

　だが時代が下がってくると伝説俗謡のなかから、新ジャンルとして俚謡が出現する。これは若い男女が唄いながら村々を廻り、家々でお菓子を受け取るという行事にも結びついており、クリスマスや新年の前夜に民衆が（しばしば託宣のために）歌う「コリヤヅカ」がその典型である。黒石はその一例として、「クラスヌィ・サラファン」、つまり日本では後に簡略化され、津川主一の訳詞で「赤いサラファン」として愛唱されている俗謡を挙げる。それは古くから歌われ、ゴーゴリの『検察官』で主人公のフレスターコフが気まぐれに歌う曲でもあった（二幕三場）。論者はそれを、わざわざ当時入手できた民謡集から訳出している。一部分を引用しておこう。

織りゃさんすなよ。妾（わたし）のための
赤い着物を。のう母さまや
花嫁ごろもは作るが無益
妾（わた）しゃ嫁入（よめいり）したかない。
解かにゃならない、たちまちに
折角（せっかく）結うた麻の髪

黒石はこうして俗謡の概要を論じた後、「ステンカ・ラージン」や「ジプシー」（ロマ）の小唄にも言及し、最後に「英雄スヴャトゴール」「ドブルイニャと竜」「ヴォリガとミクラ・セリャニノヴィッチ」という三曲の史謡（歴史抒情詩）の翻訳を掲げて、「露西亜の伝説俗謡の研究」を終えている。いかにも活力に満ちた書きぶりで、二五歳の新進ロシア研究家の情熱の噴出が感じられる好論文である。

もっともわたしは寡聞にして、この論文がどの程度まで当時の日本のロシア文学研究者の間で受容されたのかを知らない。英語からの重訳を通して十九世紀のロシア小説にこわごわ接近していった日本人が、一国の文学史を無文字時代の口承文芸に遡って考察し、俗謡の意義を唱えるという黒石の文学的射程の広さと深さを、はたしてそのまま理解できたとはとうてい思えない。では柳田国男を中心として勃興しつつあった日本民俗学の側からは、黒石に対し何らかの反応はあったのだろうか。遺されたメモを見るかぎり、柳田はアファナシェフの研究を通してロシアの口承文芸の研究に関心を抱いていた。だが、おそらくそれは黒石の論考よりはるかに後のことである。もし柳田門下で黒石と年齢にして一年年長にすぎないニコライ・ネフスキーが東京の地で黒石と遭遇していたら……と、わたしはつい空想してみるが、記録を見るかぎりそのような事実はなかったようである。

ともあれ一九一八年にこの大論文を上梓した黒石には、ただちに三度目のロシア行が待っていた。シベリア出兵の煽（あお）りを受け、彼は翌年、ロシア通のジャーナリストとして活躍することになる。

三　二冊のロシア巡礼記

　一九一七年（大正六年）から一八年にかけての一年間は、二〇世紀の世界を決定する重大な事件が相次いで生じた。第一次世界大戦が終結し、ヨーロッパの地勢図の再編成がなされた。オスマン帝国が解体され、中国では辛亥革命後の混乱から軍閥割拠の内戦が開始された。そしてロシアでは帝政が廃止され、レーニン率いるボルシェヴィキによる十月革命によって、世界初の社会主義政権が誕生した。これを快く思わない西欧列強はただちにシベリアに出兵を行なった。新興の日本もまた遅れてはならぬといわんばかりに、一九一八年十月までに七万三〇〇〇名の陸軍兵を派遣した。日本の「反革命行為」は連合国が残らず撤兵した後も、一九二二年まで続いた。

　黒石は第一高等学校を退学後、石川島造船所から三河島の屠畜場まで、転々と仕事先を変えていたようである。彼がシベリア出兵の日本兵に便乗するような形で、革命直後の混乱する「ソ連」へ向かったことが知られている。幼少時から数えて、三度目のロシア行である。一九一八年十一月十四日に東京駅を出発。広島で下車すると軍用船で釜山（ふざん）へ、さらに長春、ハルビンを経て、チタに向かっている。表向きはチタの新聞（邦字新聞か露語新聞かは不詳）に雇われてのことであると、彼は滞在理由を二度にわたって説明している。また『俺の自叙伝』では、通訳者として「ある会社から西伯利亜（シベリア）へ出張を頼まれた」と書いている。もっともいずれの叙述も自己韜晦（とうかい）が先に立っていて、曖昧かつ不整合なところがあり、本当のところはわからない。得意のロシア語を買われ、軍属とまではいかなくとも、何かしら陸軍のシベリア侵略の槍持ちをさせられた可能性もないわけではない。一九一九年新春に帰国。

ともあれこのロシア滞在は黒石にジャーナリズムへの道を開いた。帰国そうそう、彼は憑き物にでも取り憑かれたかのように精力的な執筆活動に入る。もはやロシア文学についての学問的論文や個人的回想ではない。つい先だってまで自分が目の当たりにしてきたペトログラードやモスクワでの、「過激派」（ボルシェヴィキ）による破壊と虐殺を、怪奇グロテスクな眼差しのもとに活写するのである。彼は『太陽』『婦人問題』『解放』といった総合雑誌から注文を受けるたびに、「過激派」による財産強奪を語り、ロシアの女性知識人の民主運動、オムスクの新政府建設までを語った。注文に応じて、さまざまな見聞記の寄稿を続けた。一九一九年五月には初の単行本『露西亜西伯利ほろ馬車巡礼』（磯部甲陽堂）を刊行。その七か月後の十二月には、第二弾『ロシヤ秘話　闇を行く人』（日新閣）を刊行している。いずれも堂々たるハードカヴァーで、三〇〇頁を超えている。

『露西亜西伯利　ほろ馬車巡礼』(1919)

これまで黒石に関しては、辣腕編集長滝田樗陰の知遇を得て、この年の『中央公論』九月号に特異な自叙伝を発表、一夜明けると著名な人気作家に変身……という神話が信じられてきた。だが事実はそれほど単純なものではない。ロシア・ジャーナリストの黒石にとっては、『中央公論』への寄稿は、元はといえばあまたの総合雑誌への寄稿の合間になんとか空き時間を見つけて執筆された、内輪ものエッセイの一篇に過ぎなかった感がないわけではない。だがそれが思いがけず評判を呼んだ。シベリア出兵の興奮がたちどころに冷め、ロシア最新情報執筆の注文が途絶えた後にも、それは続編、続々編と書き継がれ、やがて黒石文学の太い幹になるまで発展していった。だがその経緯については後の章で詳しく検討することにして、とりあえず同時代のロシアを論じた二冊の単行本の内容を確かめてみることにしよう。というのもそこには後に職業作家となった彼が得意とすることになった二つのジャンル、すなわち肉親の情に動機づけられたグロテスクな怪奇物語と、清澄なる水を前にした瞑想的紀行文というジャンルの萌芽が、早くも認められるからである。

『ほろ馬車巡礼』の冒頭で黒石は父親への献辞のわきに、以下の文章を認めている。

「私は平坦で、単調な紀行が嫌だ。従つてその紀行文を好まぬ。此一書は露西亜の道案内記ではない。露西亜人と私との人生である。自然である。新聞の雑報に書けないものだけを選んで集めた。出来得るだけ刺戟と波瀾に富んだ紀行と観察を描いた。紀行自身、観察自身が一つ一つのロマンスになつて居る」

興味深いことに、平坦な旅を拒む黒石のこの宣言は、そのまま彼のエクリチュールのあり方を映し出している。目的地を目指すにあたって近道を拒み、あえて寄り道をしてみせる黒石の旅の仕方は、そのまま彼の、逸脱と脱線を旨とする語りの文体に転化されている。黒石のテクストは、初期にはまだ一定の統制のもとにあったが、やがて樹海のように繁茂してやまない饒舌の過剰に覆われる。「刺戟と波瀾に富んだ」書かれ方が採用されることになる。デビュー作の単行本の冒頭においてなされた宣言は、予言的な意味を担っている。

『ほろ馬車巡礼』には十一篇、『闇を行く人』には附録を含めて十四篇の文章が収録されている。その多くは、作者がロシアに滞在中、偶然にも関わったロシア人たちの、奇怪にして残酷な運命を物語る短編である。それが実際の体験談に基づくものなのか。それとも間接的に耳にした噂の、根拠も定かでない脚色なのか。いや、まったく根も葉もない純粋な虚構なのか。わたしは正確にそれを識別できる場所にいない。ただ指摘できるのは、第一章で述べておいたことであるが、文学的造話作用 fabulation の力である。わずかなパン種をもとにパンを巨大に膨れ上がらせてしまうイースト菌にも似て、黒石が手にしていた天賦の才ともいえる造話力は、たまたま耳にした小さな挿話をみごとに興味津々の短編（コント）に仕立て上げることになった。いくつかの例を挙げてみよう。

「過激派の娘」

革命党員で過激派のモズキンは陰謀が発覚して連行され、その妻と娘は政治亡命してしまったようだ。新聞でそれを知った語り手は乗合馬車で居合わせた亀背の労働者に道を教えてもらい、無人と化したモズキン邸を観に行く。極寒の日なので、屋敷の窓には氷が張り詰めている。風評によると、モズキンは雪の降りしきるなか、屋外で鞭打ちの刑を受けた。それを離れたところから、覆面で顔を隠した娘のソニヤ・ソモノワが見つめていた。彼女は父を逮捕させ獄死させた張本人であるオルロフ将軍に復讐することを決意していた。

近衛兵と警視が邸宅を接収に来た。ソニヤは二人を刺殺すると青年医師ステブコンとともに出奔。目的は老将軍だ。もっともオルロフ将軍は繁華街を行進中、さる老人から投げられた花籠が爆発。危うく生命を失うところだった。老人は革命党員のイワンである。

さてソニヤはソニヤで、何も知らずに将軍の息子マキシムの額を傷つけてしまう。彼女はただちに傷の手当てをし、彼を懸命に介抱した。マキシムはいつしかソニヤを愛するようになり、そのため青年医師との間で緊張した三角関係が生じた。しかしマキシムは謎の黒い男に殴られ、氷の穴に顔を突っ込まれてしまう。彼はイワンによって助け出される。彼はかろうじて父の将軍の家にたどり着いたものの、記憶を喪失し痴呆状態に。過激派狩りは日に日に厳しくなり、ソニヤと青年医師はロンドンに亡命した。

革命が起き、労働者の天下となった。権力者と富裕者は次々と殺害された。オルロフ将軍もロンドンへ亡命を余儀なくされた。ソニヤと青年医師、将軍は、互いに相手のことを知らないまま廻りあった。ここでも銃撃戦が生じ、気が付くと三人の姿はどこにも見つからなかった。

「「首の落ちる」娘の話」

ペトログラードの精神病院に、有名な「首の落ちる」娘がいるらしい。興味を持った「わたし」、アレクサンドル・コクセキーは、病院の患者たちが主催する舞踏会で、彼女にダンスを申し込む。おりしも革命の真っ最中で、これまで肉食を禁じられていた農民は、肉に釣られて次々と革命軍に志願し、いたるところで暴虐と強奪をほしいままにしている。

赤衛軍司令官クルイレンコ将軍は誤ってユダヤ人大虐殺に手を染めてしまい、有罪判決を受けて入獄している。彼は水牢のなかで、二十日鼠を唯一の食糧として生き延びる。将軍は脱獄に成功するが、それを手引きした部下は食事中に連行され、パンを食べながら銃殺される。「露西亜人は、生れる時に造作もなく生れるが、死ぬときも、さつさと手間を取らずに片づいて了ふ」。ちなみに将軍の長女カーシャは、貧民救済所で無償でパンを焼いて配っていたが、身の危険を察知して離婚。踊子に転身し、行方を晦ます。その元夫であるユダヤ人は将軍を憎み、カーシャの妹で修道女のマリーナを辱めようとして失敗する。

将軍はカーシャの隠れ家に身を潜めている。だが革命兵士たちに包囲される。彼はカーシャの元夫によって射殺され、死体は窓から放り投げられる。カーシャは亡命に成功。マリーナは発狂し、自分の首が落ちるという妄想に囚われてしまう。「わたし」は自分はロシア人ではないから、何を話しても大丈夫だよとマリーナに優しく語りかけるが、彼女は頑として口を噤み何も語ろうとしない。

「国を挙げての悲劇」

一九一六年のロシアは「暗闇のどん底に沈淪して居た」という書き出しから、この短編は始まる。ロシアの実業を支配しているユダヤ人のせいで食糧危機が生じ、激怒した一般市民たちはユダヤ富豪の邸宅の焼き討ちを始めた。ペトログラードで槍玉に挙がったのが、メンシェフ宮殿近くにあるスロモーフ・スロモーフスキーの邸宅だった。以前にこの付近に住んでいた「わたし」は、屋敷が攻撃を受けているのを見物に出かけた。

どうやら早朝に路上で殺人がなされたらしい。その後に積雪があり、男とも女ともわからぬ死体が、雪の中から手足だけを出して路上に転がっている。三日にわたってこうした殺人が続くが、新聞は発行を停止させられているので、いかなる情報も得られない。労働者の一群が屋敷を包囲し、露台から応戦する主人を射殺すると、邸宅に石油で火を放つ。まだ少年の息子が父の銃を手にさらに応戦するが、これも撃ち落され、やがて雪の中で息絶えてしまう。下男が飛び出してきて、女主人とその幼子の命乞いをするが、もちろん聞き入れられない。白い繃帯に鮮血を滲ませた若い女主人も、彼女が探し求める幼児も、暴徒によって殺害されてしまう。巡査はいっさいを不問に処している。

別のところでは兵士たちが強奪してきた衣服を街角に広げ、二束三文で売っている。彼らはクレムリン宮殿を襲い、アレクシス寺院の地下に隠された金銀財宝を強奪する。祭壇を持ち上げて見ると、大僧正とその若く美しい姪の死体が現れる。祭壇の下敷きとなり、餓えと窒息が原因で絶命してしまったのだ。

二冊の短編集にはこのように、無秩序と化したペトログラードを舞台に、「過激派」の暴虐が引き起こすさまざまに酸鼻な物語が集められている。その多くは語り手である「わたし」、アレクサンドル・コクセキーがたまたま目撃したり、当事者から話を聞いたりして記録したものだという形をとっている。その真偽のほどは、今となっては確認しようがない。推測するに、耳にした風評を何倍にも拡大させ、面白おかしくグロテスクな雰囲気に仕立て上げた法螺話といったところではないだろうか。語り手は革命軍にも政府軍にも味方せず、ただ「過激派」の破壊と処刑の跡を淡々と目撃し、つとめて感傷を排しながらそれを叙述している。ロシア社会が積年にわたって構造化してきた矛盾も、共産主義のユートピア的な理念も、彼の眼中にはない。黒石はただ巨大な歴史の歯車の間に挟まれ、逃亡を試みては狂気に陥ったり、復讐の一念に駆られて破滅する美少女たちの運命を、突き放すかのように活写するばかりである。

こうした短編が執筆されたのが一九一八年から一九年であったという事実を、文学史的に検討してみよう。たとえば夢野久作（一八八九―一九三六）と比較はできるだろうか。黒石より四歳年長で、九州の新聞記者として関東大震災を批判的にルポルタージュするあたりから文筆の道に入った夢野を黒石と比較してみると、そこに主題的な共鳴関係が横たわっていることが判明する。夢野は作家としてのデビューは黒石より若干遅れたが、ロシア少女に材を得た短編をふたつ残している。「死後の恋」(一九二八)では、男装してウラジオストック近辺まで逃げ延びたものの、性的に蹂躙され非業の死を遂げる王族の少女の悲運が描かれている。また『氷の涯』(一九三三)では、シベリア出兵に加わった日本兵の手記という形を借りながら、ロシア革命時に混乱の極にあったハルビンのロシア租借地を舞台に、混血の美少女と日本人青年の絶望的な恋が語られている。いずれの作品も、物語の時期と登場人物の設定において、黒石の初期短編と著しく重なり合っているように見える。わたしは別に、両者の間に影響関係があったかといった、時代遅れの素朴な文学談義をしたいわけではない。シベリア出兵という日本の帝国主義的侵略が、日本人のメロドラマ的想像力にどのような痕跡を遺しているかを、この二人の異能の小説家を通して確認しておきたいのだ。大泉黒石は軽妙な虚言癖が禍して文壇を追放されたが、夢野もまた「杉山法螺丸」と異名された杉山茂丸の息子として、法螺話(トール・テール)にかけては一流の才覚を示した。そもそも彼が筆名として選んだ「夢野久作」とは福岡の方言で、ありえぬ綺想を平然と口にして周囲から馬鹿にされる痴(し)れ者というほどの意味であった。

とはいえ黒石の二著には、こうした残酷物語ばかりが収録されているわけではない。『闇を行く人』の一篇「露西亜水郷印象記」は、きわめて美しく静謐感の溢れる紀行文である。そこで語られているのは、語り手が伯父夫妻と下男をともなってヴォルガ河をニジニ・ノヴゴロドからカザンへ、そしてサマラへと下って行った船旅の思い出であり、ペトログラードの近隣にある二つの湖を訪れたときの印象記である。明るさに満ちたヴォルガ河に対し、ラドガ湖は暗く冷ややかであり、オネガ湖は陰鬱である。だが蒼々とした樺の大森林と垂直の絶壁に囲まれた湖こそが「露西亜民謡が始めて生れた場」であり、民謡は「湖水をめぐる大森林の中に育てられて、次第に南下したものだ」と説く黒石は、後に日本中の山中の秘湯をめぐり、『山と峡谷』や『峡谷行脚』といった紀行を綴る黒石を秘かに先取りしている。

黒石は生涯にわたり、水につきせぬ親近感を抱いていた。私見ではその世界観の根底にあったのは、「上善は水の若し。水は善く万物を利して争わず、衆人の悪む所に処る」（『老子』蜂屋邦夫訳注、岩波文庫）と記した『道徳経』の老子の哲学であった。二冊のロシア本の後、作家として華々しく世に出た黒石が、老子を主人公に二冊の長編小説を発表したことは、その意味で理に適ったことといえる。

四　黒石、売り出す。

「アレキサンドル・ワホウィッチは、俺の親爺だ。親爺は露西亜人だが、俺は国際的の居候だ。あっちへ行ったりこっちへ来たりしている。泥棒や人殺しこそしないが、大抵のことはやってきたんだから、大抵のことは知っているつもりだ。ことに、露西亜人で俺くらい日本語のうまいやつは確かにいまい。これほど図迂々々しく自慢が出来なくちゃ、愚にもつかぬ身の上譚が臆面もなく出来るものじゃない」

後に『俺の自叙伝』として纏められることになる自伝第一篇の冒頭である。発表誌は『中央公論』一九一九年(大正八年)九月号で、初出時の題名は「幕末武士と露国農夫の血を享けた私の自叙伝」。時に大泉黒石は二六歳の秋であった。

黒石を起用したのは『中央公論』の名編集長滝田樗陰(一八八二―一九二五)であった。樗陰は一九〇四年、売れ行き不振で廃刊寸前であった『中央公論』に学生アルバイトの編集者として関わり、露伴から漱石、鏡花と、綺羅星のごとき小説家に寄稿を仰いで創作欄を充実させた、いわゆる大正ジャーナリズム文壇の雄とも呼ぶべき人物である。一九一二年に主幹の座に就くと自在に采配を振るい、同誌を単なる総合雑誌である以上に、文壇でもっとも影響力のある月刊誌へと発展させた。才能ある新人にとって同誌への執筆は、文字通り文壇への登竜門にも等しいこととなった。もちろん樗陰は文学だけに熱中していたわけではない。本分である総合雑誌の編集長として、毎号のように吉野作造に寄稿を依頼し、デモクラシー思想の喧伝に努めた。また「説苑」の名のもとに、「創作」(純文学)でも「公論」(時事論文)でもない、中間的なエッセイを掲載する方針をとった。黒石の自伝はまずこの「説苑」欄に掲載された。ちなみにこの欄は現在の『中央公論』にも名を留めている。

黒石を樗陰に紹介したのは作家の田中貢太郎である。樗陰はこの未知の青年が持参した原稿を一読すると、たちどころに続編も書いて持ってくるようにと依頼した。恐るべき直観である。『中央公論』のこの第一回掲載作品に付けられた「幕末武士と露国農夫の血を享けた私の自叙伝」という題名は、おそらく樗陰の提案によるものと推測される。まだ海のものとも山のものともつかない無名の新人を売り出すためには、その奇想天外な出自を何とか日本人に了解可能なものとして提示しておく必要があり、こうした説明的な表題が選ばれた。だが樗陰の配慮は杞憂に終わった。「私の自叙伝」の翌月、十月号に発表された続編「日本に来てからの俺」では、すでに地の文に等しく、題名に堂々と「俺」が用いられている。

黒石は自伝の人気が幸いして、その後も『中央公論』「説苑」欄への寄稿が続く。一九一九年十二月発売の一九二〇年新年号にはモーパッサンの短編「手」に想を得た短編「黄夫人の手」が掲載されている。『ほろ馬車巡礼』や『闇を行く人』に収録された短編を見てもあきらかなように、彼の内面には怪奇と幻想、異国情緒の結合からなる強靭な想像力があり、噴出する機会を待ち望んでいたというべきかもしれない。さて同年同月、自伝正続二篇を合わせ、『俺の自叙伝』が単行本として玄文社から刊行された。

『中央公論』では翌一九二〇年に黒石の扱いがワンランク上がった。「説苑」欄から「創作」欄へと移ったのである。黒石はもはや軽い読み物ライターとしてではなく、本格的な作家として遇されることとなり、「創作」欄に「代官屋敷」「長崎夜話」を二月号、四月号に発表している。もっとも自伝の方も、その後の語り手が労働者となりやがて文学者としてデビューするまでを描いた第三編、第四編が、それぞれ一九二〇年十二月号と一九二一年一月号の「説苑」欄に発表された。これをもって黒石の自伝はひとまず完結した。

さて、「私の自叙伝」に戻ろう。第二章に引いた「杜翁の周囲」とこの作品の、それぞれの冒頭を読み比べてみようではないか。前者では身寄りもないまま、初めてのモスクワで冬を迎えようとする少年「僕」の、陰気で寄る辺ない感情が、文章全体の基調となっていた。それからわずか二年しか経過していないというのに、後者は「俺」という卑近な一人称を採用し、まるで市場に集う香具師のように威勢のいい断言調で開始されている。舞台に立つやただちに芝居っ気たっぷりな科白を並べ立て、大向こうを唸らせてみせようとする意志が感じられる。黒石は俯きながら恐々陳述することをやめ、眼前に控えている観客たちの前で臆することなく、まさしく開き直ってみせる術を会得したのである。

「私の自叙伝」は一八九三年（明治二六年）の「俺」の出生に始まり、両親との死別、モスクワでの小学生時代、パリのリセ時代、ロンドン……と目まぐるしく舞台が変わっていく。主人公はその後、日本に帰国して長崎の中学を卒業。さらにもう一度、オデッサ経由で九年ぶりにモスクワに戻る。だが一九一七年三月、ペトログラードでの虐殺と強奪を目の当たりにし、身の危険を感じて日本に戻ると京都の高等学校に入る。年齢でいえば、二四歳までの冒険物語である。トルストイとの遭遇の思い出など、これまで断片的に執筆された題材と若干の重複がないわけではないが、語り口においても、新たなる登場人物の設定においても、そこには大きな違いが横たわっている。そのことを踏まえながら、以下に内容を紹介しておきたい。

まず長崎での幼年時代の思い出が語られる。母親の顔も知らず、曽祖母、祖母、乳母と、三人の女性に囲まれて育った子供の前に、あるとき「化け物のような奴」が突然やって来た。「俺」が泣きだすと、台所から祖母が飛んできて「まあまあ、おとっつあんたい。よう来なはった」と挨拶をした。これが後に黒石と呼ばれる清三歳のときの記憶で、「化け物」とは当時、漢口（ハンカオ）でロシア領事を務めていた父親であった。子供は「はんかお」という言葉だけを覚えた。

子供は長崎の小学校を三年でやめ、単身、漢口へ向かう。父親は、自分は二八歳で法学博士になったから、お前も俺を見習ったら、アレクサンドル・ネヴスキー勲章は譲ってやると約束する。だが彼はそれからまもなく、一九〇三年に亡くなってしまう。天涯の孤児となった清は遺骸をウラジオストックのロシア人墓地に埋葬すると、父の妹ラリーザに連れられてモスクワへ向かう。そこには伯父、つまり父の弟が医師として開業していた。ラリーザ叔母は清を伯父に託すと、そのままパリへ行ってしまう。パリのカトリック系の女学校へ、教師として迎えられたのだ。こうして清はモスクワの小学校に通うことになる。

学校ではロシア語が満足にわからないので、「半年の間啞（おし）で通した」。だがそれ以上に嫌なのは、伯父の妻のフィンランド女、ターニャだ。頼みの綱はラリーザ叔母が自分をパリに呼んでくれることだが、その気配はない。憂鬱な最初の冬を迎えようとしていたところ、伯父夫婦は少年を行商人の木賃宿に預けると、ペトログラードに病院を建てるからといって、そのまま土地探しのためモスクワを出てしまう。この木賃宿が恐ろしく騒がしい上に、煙草の煙と酒の臭いに満ちている。長崎で求めた柳行李（やなぎごうり）から聖画像（イコン）を取り出して壁にかけ、ようやく心の落ち着きを取り戻したものの、我慢がならないのは食事のひどさだ。女主人と娘婿が始終いい争っていて、ついに婿のイエドロフは家を出て行ってしまう。ここで物語は「杜翁の周囲」に接続する。

クリスマスが近づいた頃、美装（おめかし）をした伯父がひょっこり訪ねてきて、今ではキヨスキーと呼ばれるようになった少年を、父親の故郷ヤスナヤ・ポリヤナへと連れていく。この村で少年はトルストイと出会い、この大作家から父親の話を聞くことになる。トルストイは「あたかも高麗（こま）犬のような格好の顔」をした、「労働者じみたうす汚い爺」である。こうした描写は「杜翁の周囲」のときよりもはるかに細かく書かれている。注目すべきは二つの点である。

ひとつは前作では汚らしい乞食であったイエドロフに、村の馭者という身分が与えられていることだ。彼はどうやらトルストイの家で「用達し」を務めていたという風に描かれている。これはおそらく前作の方が虚構だったのだろう。黒石は後に虚言癖を批判されるが、ちょっとした話を面白おかしく語ってみせるというのは、彼の天性であったように思われる。

もうひとつは清の父親の遺産をめぐって、伯父と伯母の間に争いが生じていたと書かれていることである。結局のところ、伯父は父親の遺産の半分を「横領」したのだが、その理由は「俺のお袋は日本人だから、露西亜人の子を産むはずがないというのだそうだ。そんなら誰の子が俺だろう。／その時わざわざ巴里のラリーザ叔母が俺の人相を検分に来て、俺の目が海のような色をして、俺の髪が黄金色に輝いていたものだから、「勝訴だ、勝訴だ」と喜んで露西亜の神聖なる裁判官に「キヨスキーは目が青くって髪の毛が灰色だから、露西亜人に違いない」と言ったら、裁判官が「そんなら喧嘩のないように、ワホウィッチの遺産を半分わけに取らせる」と言ったそうだ」。

少年時代の黒石

さりげなく流しているような書きぶりであるが、実は語られているのは語り手の出自と自己同一性に関する、深刻にして重大な決定である。「私の自叙伝」の黒石は、すでに若年にしてこうした悲痛な逸話を平然と、いかにも気楽なことであるかのように仮面を被りながら書き記す術を体得していた。

　モスクワに戻った清はターニャと折り合いが悪く、尼僧養成の女学校の屋根裏へ追いやられる。一日中何もすることもなく、ただ寂しげな修道院の廃園を散歩するだけの退屈な日々である。「俺は楽しい過去もなければ、光輝の希望の将来もない、ただ、終りのない、際限のない、堪え難い現在に生きている、捨て鉢な、悲惨な独りぼっちのみじめな子」だと思えてならない。だがここで彼は最初の女性ともいうべきコロドナに出会う。無学ではあるが素直な心を持ち、暇さえあれば独りで編み物の針を動かしている二八歳のユダヤ系の女性で、女学校のさまざまな雑用を熟(こな)している。私見では、フローベールの晩年の短編「愚直の心」に登場するメイド、フェリシテに似ていなくもない。コロドナもまた身寄りがないらしく、十五歳年少の清を息子のように可愛がってくれる。そこへラリーザ叔母から電報が到来。清はようやく念願がかない、憧れのパリへ向かうことになる。「私の自叙伝」には一八九七年のことであったと記されているが、これは一九〇七年の書き間違いだろう。

　パリではノートルダム大聖堂の近く、リセ・サンジェルマンに通う。ここで清は、七〇床の寝台が並ぶ寄宿舎で三年間を過ごす。厳格なる規則の隙間を縫って、深夜にこっそりと外出を企てようとしたり、在パリ・ロシア人の女性が率いる奇怪な秘密結社に参加して、もう少しで日本人・アメリカ人排斥運動に加担しかけたり、清が巻き起こす騒動には、映画でいうならばジャン・ヴィゴの『操行ゼロ』を連想させるところがある。このパリで清はコロドナに再会する。彼女は清に会いたい一心でモスクワを離れ、パリのロシア教会に裁縫女として雇われてきたのだった。

とはいえ素行の悪さゆえにリセは退学。ロンドンの学校はどうかと保証人にいわれるが、以前の訪英体験で知ったイギリス人の偽善者ぶりに嫌気がさし、これはキャンセル。かつての同級生の母親が心配のあまり志望を訊ねると、彼は答える。「志望なんぞあるものかね小母さん。俺は死ぬまで志望も目的もないいんだよ」。

だがこう嘯いてみせる清は、はたして本当に志望も目的もない生活をパリで送っていたのだろうか。というのもロンドン行きをやめた後、ただちにパリの出版社に使い走りの小僧として仕事を見つけた彼は、小学生向きの雑誌のために雑用に追われる合間をみて、フランス語での創作に手を染めているからである。少年はリセ時代からすでにモーパッサンに熱中していた。学校ではその小説を読むことは厳禁であったが、彼は傾倒のあまり、この小説家が若き日に住んでいた下宿を探したり、飼犬の墓地を尋ね回ったりするほどであった。そこでモーパッサンを真似た文章を綴り、回覧雑誌に発表していた。後に『朝日新聞』のインタヴューに応えて、いささか得意げに語っているのはこのことである。

もっともリセを退学になってしまえば、もう遠慮するものはない。『フランセー・イリュ・ストレー』なる週刊誌に売り込んで、創設されて間もないヴィクトル・ユゴー博物館について印象記を寄稿。これが評判を呼んだので、「国民印刷局の歴史」を執筆。カーライルいうところの「ダイヤモンド首飾り事件」、つまりマリー・アントワネットの有名な事件に材を得たものであるという。

今ただちにこうした文章を確認することができないのが残念であるが、それにしてもロシアからパリに来てわずか四年ほどでしかない少年が、フランスの週刊誌に次々とこうしたエッセイを発表できたというのは、卓抜な語学力というだけで納得のいくものではない。生涯にわたる宿命ともいうべき書くことをめぐる情熱が、そこに強く働いていたというべきであろう。

だが清少年の流転はまだ終わらない。曽祖母の死を知って長崎に戻り、当地の鎮西学院中学を卒業。だがロシアへの念は捨てがたく、一九一五年にふたたびモスクワへ、さらにペトログラードへ。「露西亜に来ると日本へ帰りたくなるし、日本に一年もいるとたまらないほど露西亜が恋しくなる。俺は二つの血に死ぬまで引き回わされるんだろう。そして最後に引っ張った土が俺の骨を埋めるに決まっている」と、彼は書きつける。

一九一七年のペトログラードは騒乱の極にあった。二月二三日には極寒のなか、数万人が食糧配給をめぐってデモ。二六日に警官隊が発砲を始め、死傷者が続出した。惨事に憤った軍隊の一部が叛乱を起こし、労働者と合流。かくしてメンシェヴィキによる二月革命が実現し、三月十五日には皇帝が退位した。

このとき清はペトログラードでコロドナに再会している。かつての少年は、今や二四歳になっていた。「私の自叙伝」を読むかぎり、どうやら二人の間には男女の関係が生じていたように思われる。彼らは同棲し、スイスのラリーザ叔母から送られてくる学資は、たちまちコロドナの帽子や指輪に化けた。三月十二日、清は累々とした市民の屍骸の間を抜け、コロドナとネヴァ河の方へ避難する。思い出深き河畔の修道院は破壊と強奪を受け、若い尼僧の死体がうち捨てられている。アレキサンドル橋を渡ろうとして兵士に誰何(すいか)された清は、コロドナを「俺の情婦だ」と宣言し、嘲笑を受ける。その後の騒乱のなかで兵士が撃った銃弾がコロドナの頭部を貫通し、彼女は息絶えてしまう。彼女が幼い頃に修道院に拾われた孤児であったことを、清は思い出す。「彼女が死んだって可哀想だと思うのは俺くらいなもんだ」。「私の自叙伝」は、孤児が孤児を悼む場面で幕を閉じる。

五　『俺の自叙伝』

『中央公論』一九一九年(大正八年)九月号に掲載された「私の自叙伝」はたちまち大評判となった。九月十日の『朝日新聞』は早くも「日露の混血児コクセキー君の一家」という、写真入りの探訪記事を掲載している。「コクセキー君」とカタカナ表記にしているところにいくぶん揶揄的な感じがしないでもないが、黒石は自伝の文体とはうって変わって、驚くほどに真面目にインタヴューに応じている。

本郷春木町の黒石の家には、トルストイの小さな塑像に並んで、父親母親の肖像写真が飾られている。「これから何か悠然(ゆつくり)と創作をしたいと思ひます、僕はまだ大きなものに就て十分纏(まと)まつた構想も有(も)たないのです、これからの作も多くは私自ら(わたくしみづか)の経験で得た人生の断片なのです、僕の処女作は巴里の中学に居た時分或る文学雑誌に短篇を書いたのが初め日本では大学評論に書き初めたので、今度も三つばかり頼まれて居ります」。彼はこう話した後、トルストイの思想に憧れていたといい、チェーホフが大好きであり、都会のロシアは真のロシアではなく、田舎に暮らしてみないかぎり、「野性的な荘厳な本来の気分」は味わうことができないと続けている。「大学評論」とあるのは、おそらくは第二章で触れた「露西亜の伝説俗謡の研究」(『露西亜』)のことであろう。

さてこれから『俺の自叙伝』という黒石自伝を、章ごとに順繰りに読んでいこう。もっともこれは、一般に考えられているほどには容易な読書ではない。そこで読者が混乱しないように、一九一七年の二月革命の混乱のなかでコロドナを失った後の黒石の人生を、自叙伝に基づいて、可能なかぎり客観的に、時系列に沿って書き出しておこうと思う。

一九一七年、ペトログラードから長崎に戻った二四歳の黒石は、鎮西学院中学時代の級友圭吉とともに京都の第三高等学校を受験する。二人は中学生時代以来の、カンニング仲間である。黒石は合格し、三高の理科に進むが圭吉は落ちてしまう。もっとも圭吉との友情が機縁となって黒石は三輪子(みわこ)なる女性(実際は福原美代)と結婚する。実は彼女は長崎での幼馴染であり、二歳の折に双方の両親が許嫁(いいなずけ)の約束を交わしていたことが判明する。だがこの結婚は親類縁者から大反対を受け、しかたなく彼らは駆け落ちを余儀なくされる。

世界大戦の影響でスイスのラリーザ叔母からの送金が途絶える。生活に窮した黒石は三高を退学し、三輪子を連れて上京する。二人はひとまず京橋の「親方」のもとに身を寄せ、黒石は石川島の鉄工場で帳簿付けの職を得る。とはいえドイツ語で帳簿を付けたのが問題となり、彼は馘になる。ここまでが自叙伝第二篇「日本に来てからの俺」の内容である。

第三篇「俺の穢多時代」(この題名については第六、第十二章で再説する予定)では、黒石は妊娠中の妻と盲目の祖母を抱え、路頭に迷っている。一家は三輪子の伯父板亀を頼り、浅草亀岡町（現在の台東区今戸一、二丁目）に移る。板亀は石灰問屋を商っていたが、豚皮で草履の裏を製造することを思いつき、黒石に生皮の染色の仕事を命じる。だが、いつまで経っても給金を支払おうとしない板亀に嫌気がさした黒石は、隣家の三左衛門の紹介で、牛の屠畜の仕事を引き受ける。さらに三河島の靴工場の親方のため、対ドイツ戦で大量の軍靴を必要とするロシア政府のために通訳を務める。だが、いずれの仕事も喧嘩別れに終わり、黒石は何も報酬を得られない。一方、板亀は豚皮の染色処理が不充分であったため大量の返品を抱え込み、自殺してしまう。黒石といえば、豚皮の処理について の文章を徹夜で執筆すると、小田呑舟なる艶書収集家の出版元に売りつけることに成功する。呑舟の周囲に怪しげな文士や画家が集まってくるあたりで、第三篇は幕を閉じる。

実際にはこの後、一九一八年十一月からしばらくシベリア出兵に乗じて朝鮮満洲経由でチタに滞在しているのだが、それが詳しく記されるのは後に執筆された『人生見物』においてである。

第四篇「文学者開業時代」は一九一九年から開始される。シベリア帰りの黒石はこの年の五月、最初の単行本『露西亜西伯利 ほろ馬車巡礼』を上梓し、『婦人問題』『太陽』『解放』といった雑誌に次々と現在ロシア事情について寄稿。『中央公論』では「私の自叙伝」で一躍時代の脚光を浴びる。十月からは『大阪朝日新聞』に小説「恋を賭くる女」（全集では『恋を賭ける女』と改題）を連載し、さらに年末に二冊目の著作『ロシヤ秘話 闇を行く人』を刊行している。

この第四篇はその二年後、売文生活が絶頂を迎えようとしていた一九二〇年から二一年にかけて執筆された。とはいえ語られているのはそうした多忙で華やかな文士生活ではない。浅草を脱出して本郷から雑司ヶ谷に転居した語り手のもとには、次々と正体不明の人物たちが訪れて来る。出版社を斡旋してくれと求め、原稿が没になると黒石に復讐を誓う手紙を送りつけて来る文学青年。書生にしてほしいと頼み込む、贋大学生の牛乳屋。向島撮影所で尾上松之助の活動写真のために脚本を書いている昔馴染みに貧乏画家。極めつけは三輪子の伯父音吉である。アルコール依存症のためか精神の均衡を崩していると思しきこの人物は、仙台にあって窃盗容疑で連行され、僧侶に付き添われて大泉家の居候となる。そしてすぐにいなくなったと思えば家の床下に潜伏し、半死半生の姿で発見され、その後は尼僧に従って四国へ巡礼に出てしまう。

　こうした一連の珍事と怪人物の登場の合間に、盲目の祖母が往生を遂げる。黒石は遺骨を抱いて故郷長崎まで、ほとんど無一文のまま船旅に出る。船の上甲板の乗客が呑み残したビールを下甲板の火夫たちと分かち合って呑む。下船して波止場の安宿に泊まっていると、中学時代の二人の友人のことが思い出されてくる。三人は木下尚江(きのしたなおえ)を耽読し、社会主義者を自認していたはずだった。だがそのうちの一人圭吉は大阪で法学士となり、自動車関係の仕事で羽振りがいい。もう一人、喧嘩相手だった島田は、家の貧しさから進学できず、巡査から刑事になってしまった。島田は長崎に到着した黒石を名うての社会主義者だと誤解し、一見歓迎するふりを示しながら、卑屈な表情を見せて誘導尋問を始める。なんと愚劣な人間の屑よと、黒石は深い失望に囚われる。

　ともあれ黒石は菩提寺に行き、先祖代々の墓を見つけ出す。墓は訪れる者とてなく、周囲の墓所の塵埃捨て場と化している。神社の境内にある生家に向かって歩き出したが、もはや家の痕跡も残されていない。黒石はあげくの果てに旅館からも追い出されそうになり、教会で予定されていた講演会は島田の悪計によってみごとにご破算となる。ここで『俺の自叙伝』第四篇は幕を閉じる。なんとペシミスティックな終わりだろう。

黒石の自叙伝を特徴づけているのは、語り口の奇矯性である。ある回の結末部で忙し気に語られた体験が、次の回でふたたび、今度は微細にわたって語り直される。もっともこれは、掲載誌の編集部が駆け出し作家の原稿を当初から連載とは決めておらず、評判を見て続篇執筆を依頼したという事情によるものであり、理解できなくもない。だがそうした事情とは別に、自叙伝の錯綜した構成は、時系列を平然と無視して即興的に語り続けるというスタイルこそが黒石のエクリチュールの根底にあることを示している。一例を挙げるなら、「私の自叙伝」で京都の三高に在学中、スイスからの送金を絶たれ生活に窮した語り手は、なぜかそこで話題を変えてしまい、東京の春陽堂と『早稲田文学』の編集所を訪れ、原稿の売り込みに失敗した話を五頁にもわたって語ってしまう。「文学者開業時代」で祖母の遺骨を長崎の寺に納めに向かった語り手は、その後の事件の顛末を放置してしまい、延々と鎮西学院中学校時代の悪行の回想に耽る。こうした唐突な時空の転換は、泉鏡花のようにロマン主義的な情緒性の高い作家の場合には、それなりに了解がいくものかもしれない。だが黒石のごとく波瀾万丈の経歴の内側にあって理を貫かんと志す作家の場合には、かならずしも語りを優位に導いていくわけではなく、理路整然とした物語を期待していた読者を当惑させるのに充分である。

作者は「俺の話は双六の骰子みたいに先へ行くかと思えば逆戻りする流儀だ」と平然と開き直り、「大体が、筋も肉もない、のっぺらぼうの自叙伝だから、どうせ書くなら十年前のことも二十年先のことも、何だか今朝見た夢のように、ごたごたと、人様に解り難く、回りくどく、一本調子に並べてお目にかける方が俺に取っては大変都合がいい」と嘯いている。叙述はいたるところで逸脱と脱線、突然の大幅な省略に満ちており、読者はいったい何の話かと当惑させられることがないわけでもない。

先に自叙伝を読み通すことの困難について書いたが、その原因のひとつは、生起した事件の時期をめぐって、少なからぬ誤記と事実誤認が存在していることにある。「私の自叙伝」では、モスクワからパリへ向かったのは「俺の日記」によれば一八九七年三月十五日とあるが、これは明らかに一九〇七年の誤記である。「日本に来てからの俺」の結末には、浅草から本郷に転居したのは一九一九年の一月元旦であったという記述があるが、「私の自叙伝」や『人生見物』では、黒石は前年の秋からしばらくの間、シベリアのチタに滞在していたことになっている。明らかに誤りである。誤記のいくつかは、流行作家として恐るべき速度での原稿執筆を求められていた黒石のケアレスミスであると了解できる。だがいくつかのものは、作家としての彼の内面に横たわっている深刻な自己韜晦癖に由来しているのではないか。そうした印象を、わたしは抱いている。あることについては執拗に饒舌を披露するが、同時期に起きた別のことについては完璧に沈黙を守る。そのため複数の作品を読み終えた読者は、作者の身の上に何が起きていたのか、その全体像を把握することが難しくなる。

こうした姿勢に加えて、できるだけ物語を劇的に脚色してみせたいという生来の性癖が、ひょっこりと鎌首を擡(もた)げてくる。サーヴィス精神としての虚言といってもよい。その結果、叙述はともすれば奇想天外な事件の連続といった印象を与えることになり、いったいここに書かれてあることは本当のことだろうかといった素朴な疑問を読む者に与える隙が、こうして生じてしまう。

『私の自叙伝』にはパリのリセに在学中、校長室で操行不良を叱られていたとき、窓辺にアルフォンス・ドーデがいて、「眉を吊って笑った。嫌な爺だ」と思ったという一節がある。黒石のパリ滞在は一九〇七年に始まるから、一八九七年に物故したドーデが登場することはありえない。私見であるが、作者は日本でのドーデ熱を見越した上で、持ち前のサーヴィス精神から、ささいな悪戯を仕掛けたのであろう。万事に既得権益を守ることに懸命な文壇が黒石排斥を口にし出したとき、このドーデの挿話が作者の虚言癖の証左として槍玉に挙げられた。もとより無名の混血少年がこともあろうに天下の文豪トルストイと親し気に会話を交わしていたと知って、怪訝にして不愉快な念を抱いていた日本の知識人は、それ見たことかと、いっせいに黒石を非難する側に廻ったのだった。

わたしは本書の第一章で柳田国男とワイルドを引き、近代において虚言が衰退した現象について記したが、黒石はこうした細部の叙述において、「正確さという無神経な習慣」（ワイルド）の犠牲とされたのである。

だが虚心に読んでいて気になる点が、他にもないわけではない。「日本に来てからの俺」では、映画『レ・ミゼラブル』の広告のために絵を描いてみせ、「文学者開業時代」では、向島撮影所（途中で巣鴨や滝野川にコロコロ変わっていく）の高橋筑風なる映画人と知り合った黒石は、尾上松之助のために『ドン・キホーテ』を翻案し、宮本武蔵の活動写真の脚本を仕上げたという。ちなみにユゴーの『レ・ミゼラブル』は一九一七年までにフランスで五回、ハリウッドで一回、無声映画として制作されている。黒石が広告絵を描いたのはおそらくフランク・ロイド監督の手になる一九一七年のフィルムであると推測されるが不詳である。また尾上と宮本武蔵については、映画史家の立場から、一応調べてみたのであるが、何の証拠も発見できなかった。

コスモポリタンとしての黒石の面目躍如ともいうべきこうした挿話を、彼はどうして通り一遍の記述で終わらせてしまうのだろうか。語りようによってはいくらでも面白くなる話が打ち捨てられてしまうのを知るとき、ドーデの挿話と同じく、そこに信憑性の危うさをどうしても感じないわけにはいくまい。だが黒石のテクストを読むということは清濁を含め、それらの全体を、あたかも船乗りシンドバッドや孫悟空の冒険物語のように受け取り、その一挙一動に驚嘆しつつ書物を読み終えることとなのである。

小説史の発展の帰結としてガルシア゠マルケスの魔術的リアリズムや大江健三郎の自己回帰的メタフィクションが当然のように読者に受け入れられる現在とはことなり、大正時代の日本人の小説観は恐ろしく生硬で偏狭なものであった。「作者」の実体験をそのままいかなる虚飾も交えず書き写し、精神の道徳的な達観を得るという「私小説」が金科玉条のものと見なされ、こうした心境に無縁の作品は正統なる小説規範から脱落した、下流の娯楽書き物であると見なされていた。夢野久作や江戸川乱歩のように非日常的状況を描く作家たちは、文壇から遠く離れた地点に追いやられてきた。黒石もまたしかり。たび重なる自己劇化と細部の事実誤認が重なり、彼の功名を憎む固陋な「純文学」作家に攻撃の隙を与えてしまったのである。

黒石の自伝世界をこうして要約してみると、この情熱的な「わたし」語りの作者は、フランスで両大戦間に活躍したルイ＝フェルディナン・セリーヌ（一八九四—一九六一）に、あるいは近い資質を持っているのではないかという気がしないでもない。かつては無垢で希望に満ちていた人間の頽落と背信。貧困ゆえに屈曲した魂。衆人に見捨てられ、世界の片隅で知る人もないままに死んでゆく孤児。老いることの惨めさと死への恐怖。「私の自叙伝」に描かれた荒唐無稽とも見える冒険は、『夜の果てへの旅』のフェルディナンのアフリカ植民地行とアメリカ滞在を思わせるし、「俺の穢多時代」の極限的な貧しさと裏切り、「文学者開業時代」の故郷をめぐる絶望には、『なしくずしの死』に描かれたパリの貧民窟での人生に近いものが感じられる。セリーヌが終生エミール・ゾラを尊敬し、グロテスクなリアリズムに訴えたように、黒石も下層階級のなかに混じりながら、彼らの生を細部にわたって生々しく描いた。

黒石がセリーヌに一年先んじて生まれ、四年先んじて他界したことを考えると、二人は正確に同時代人であったといえる。黒石はロシア革命を前に、人生をめぐって最初の決定的な絶望を体験し、セリーヌはスターリン独裁下のソ連を訪問し、共産主義に対する深い幻滅に囚われた。二人ともに初期の作品によって華々しい栄光を手にしたが、第二次大戦後に誰からも見捨てられ世を去った。

とはいえ彼らには決定的な違いがあった。セリーヌが反ユダヤ主義を信奉し、差別主義的な小冊子を熱狂的に執筆していたころ、黒石は国境も民族も越え、人々が無為自然に生きる老子＝トルストイの道へと向かおうとしていたのである。この違いは充分に認識しておかなければならない。

六　周縁と下層

前章では『俺の自叙伝』の概略と文体について書いた。本章はさらに踏み込んで、黒石の行動様式と世界観について論じることにしたい。

『俺の自叙伝』の四部作を特徴づけているのは、端的にいって次のようなものである。

第一に、語り手は政治的なイデオロギーに関しては、それがいかなるものであっても距離をおいている。狂信的に行動する多数派への雷同を避け、現実に眼前に起きている悲惨を、できるだけ感傷を排して見つめようとする態度が一方にあり、もう一方の極に、渦中にいる自分を過剰に自己劇化してみたいという欲求がある。語り手はつねにこの二つの相反する力に引き裂かれている。

第二に彼は、自分が世界の周縁に位置しており、つねに無視され、蔑ろにされている存在だという絶望的な自覚を抱いており、そうした状況に抗って、ブルジョア的な権威を過激に嘲笑してやまない。この笑いは他者を嘲笑するとともに、嘲笑の主体である自分をも嘲笑するという黒い諧謔の笑いに通じている。

第三に顕著なのは、周縁性の認識とも関連しているが、出自の困難さから出発して、差別と排除の対象とされてきた社会的下層民の元へ、積極的に身を投じてみせようとする欲求である。彼らと対等な存在として振る舞い、彼らの内側へ帰属していこうとする態度。これは彼にとっては宿命的ともいえる身振りであり、少し丁寧に分析しておきたい。

黒石は長崎の鎮西学院中学に在学中、級友たちとともに木下尚江に夢中になり、その影響下に社会主義に関心を抱いていたと記している。「学校に来て何をするかというと、机の下に『火の柱』や『墓場』をひろげて読むのが仕事だった。俺とこの島田と圭吉とが集まると、小説は木下尚江だ。人間は社会主義だ。気に食わない奴は教師でも生徒でも片っ端からやっつけろという調子だった」という一節がある。同時に彼は幼少時にトルストイと出会っていたこともあって、デビュー当時より彼の小さな塑像を書斎に置き、晩年の文豪が唱えた無政府主義に共感を示していた。『老子』正続二巻を著したことにも、それは現われている。

にもかかわらず、二月革命のさなかにペトログラードに身を置き、シベリア出兵に乗じてふたたびロシアの地を踏んだ黒石に、政治的イデオロギーをめぐる言及は皆無である。『俺の自叙伝』にはケレンスキーの名もなければ、レーニンの唱える社会主義への言及もない。語られているのは現実に彼が目撃してしまった雪のなかの虐殺死体であり、破壊されて強奪を受けた女子修道院であって、白軍赤軍を問わず、兵士と労働者が政治の文脈で論じられることはない。

いうまでもないことだが、当時の日本には検閲制度があり、むやみやたらと社会主義革命を礼賛することは控えなければならなかった。いくらロシア語が堪能であったとはいえ、社会科学の専門家でもない二〇歳そこそこの青年は、『世界をゆるがした十日間』で革命を讃美したジョン・リードのような雄弁な再現能力を持ちあわせていなかった。だがそうした事情は別にして、黒石が現実に生起している政治的事件に向ける、徹底した冷淡さには注目すべきものがある。

二月革命のさなか、彼は裁判所を襲う大学生の群れに加わるよう強要される。街角には市民の遺体が散乱しており、自動車はその上を轢いて進んでいく。極寒の夜、銃声が響きわたるが、濃霧ゆえに何も見通すことができない。「情婦」コロドナを連れて逃亡する黒石にむかって兵士たちは野卑な冗談をいい、彼女を拉致しようとする。

「路傍には硬くなった男や女の屍が、他愛もなく重なり合って雪漬けにされていた。ニコライ橋の死体仮収容所へ明日にでも回されそうな生々しいものもあった。リゴヴスカヤへ曲がる辻で、七、八人の労働者が、焚き火を囲んで銃を五、六本組み合わせ、真ん中にねずみの死骸を十匹ばかり吊るしていた」

黒石は革命下の首都に歴史の転換点など目撃して興奮しているわけではない。彼は見聞したいっさいを、個別の歴史を越えたペシミズムの相のもとに眺めている。それはあらゆる意味を剝奪された人間の死体を、鼠の死骸と等価なものとして見つめる眼差しでもある。コロドナは頭部に銃弾を受け即死する。「ユダヤの女には、えてしてこんな運命の女が多い」と、黒石は表情一つ変えることなく、冷酷に書きつける。

「お前の困るのはお前がやり損じたからだ。俺がどんなに困ろうと俺の勝手で困るのだから、俺がどんな芝居を打つか見物をしていりゃ沢山だ。俺は、俺が呻きながら血眼になって藻掻きながらやっている姿を、他人のように見物している」

こうした態度をはたして人生への達観といった一般的表現のもとに要約してしまっていいのか、わたしは言葉を持たない。黒石自身は、後に自叙伝で描き切れなかった逸話を纏め、そこに『人生見物』という表題を与え刊行しているのだから、「見物」という言葉を気に入っていたのだろう。だがそこには、好むと好まざるとに関わらず自分が置かれた場所の苛酷さに対し徹底して無力であり、いかに悲痛であったとしてもそれを受け容れることしか許されていないといった状況が横たわっている。現実の苦痛を少しでも緩和せんとして、みずからの悲惨を距離を取って眺めてみせようとする努力。あえて用いられた「見物」の一語には、そうした悪戦苦闘の痕跡が窺われる。

自叙伝を読んでいてしきりと気になることのひとつに、黒石が初めて出会う人物を、その体格の大きさにおいて語っていることが挙げられる。中学校の同級生圭吉が紹介してくれた新聞記者は「ただ大きな男だ」。浅草で屠畜に携わっていた頃に知り合いとなる雨川という新聞記者も「大きな図体を抱えて」いる。それに対し、足も細く眼ばかりが大きい自分は、体格的に貧弱であるという意識を、彼はつねに抱いていた。「俺は、自分の手足と胴とを別々に取り外して箱の中へ入れて、「これだとつゞまりがいゝ」と安心して首だけで寝ている夢を見た」。

こうした巨大な体格の他者の原像となっているのが、自叙伝の冒頭に登場する父親である。長崎の祖母の元で、母の顔も知らずに育っていく子供の前に突然出現した「化け物」のような男は、「靴履きで畳を荒らしたり、石臼の上にお釈迦様のようにあぐらをかいたり」することで、三歳の黒石を脅かすに充分であった。この化け物は金モールの礼服に勲章をぶら下げていて、黒石の生涯を通して超自我として君臨することになる。驚くべきことに自叙伝の続編にあたる『人間廃業』では、語り手はある時点まで一人称を露わにせず、つねに「金モールの伜」として語りを進めていくのだ。

巨大な父親は死んでしまった父親でもある。黒石はもはや不在の父親の影の下で、彼の遺産と名前を受けつぎ、休みなく彼に言及することで作家として脚光を浴びる。だが彼は父親に代表されるロシアの共同体に完全に帰属できない。日本人の母親を持ったことで、外見はロシア人でありながらも、ロシアに留まり続けることに違和感を抱き続ける。

黒石はパリに移り、リセで学びながら、パリ在住のロシア人たちが結成した奇妙な秘密結社と関わりをもつ。彼らは日露戦争の直後ということもあって、日本人排斥を唱えている。入会に際し、黒石は本名を名乗ることを要求され、日本名の「清」に由来する「キヨスキー」という名前を白状し、しかも親譲りのロシア名は「コクセキー」であると名乗る。その結果、結社をけっして裏切らないことを誓うため、目隠しをされた上で足を熱湯に浸けたり、暖炉から燃えている石炭を摑み取るといった試練を要求される。この結社に参加したことが一因となって、彼はリセを退学となる。

混血児であるという境遇は、その後も結婚問題をめぐって再燃焼する。

「ターニャも伯父もお前はやっぱり親爺の国で成長しなけりゃ駄目だ。第一、その青い眼と灰色の髪を担ぎ回ったって、日本じゃ相手にしまい。それよりお前は露西亜の学校を出て、露西亜の官吏になって、露西亜の女を妻君に迎えた方が出世する。お前は早く妻君を貰わなくっちゃいけないとすすめた」。ペトログラードで伯父夫婦からそう諭された黒石は、故郷長崎に戻っても「とても髪の黒い女を、細君に持てまいと覚悟をしていた」と記している。ところがこの悲観主義的な思い込みを一挙に覆してしまったのが、幼馴染みの頼田（よりた）三輪子なる女性との結婚であった。自叙伝にはその顛末が詳しく書かれている。それはこの書物のなかでロマン主義的な調子で語られている、唯一の場面である。

黒石は元同級生の圭吉を通して「お三輪」と知り合う。彼女は黒石に似て幼くして父を亡くし、京都の伯母の家に預けられている身の上である。だが話をしているうちに彼女が長崎出身で、二歳のときには清少年と許嫁の間柄であったことが判明する。しかも幼いお三輪は清への愛を誓うため、「嘘だと思うのなら妾（わたし）の手を斬ってもいい」といい出し、自分で台所からナイフを持ってくると黒石に握らせ、彼女の手首に傷をつけるようにいったという過激な出来事まであったのである。このあたりの一節は、故郷・女性・再会という主題系列の連関から、ネルヴァルや鏡花にも似たロマン主義の雰囲気を湛えている。もっともこの結婚は三輪子側の親族の猛反対を招く。祝言が交わされた後にも、二人を別れさせようとする策謀がなされる。黒石は花嫁を連れて東京へと出奔するのだが、内心では父と結婚したときに母ケイタ(ロシア名)が体験した苦労を三輪子が繰り返しているのだと思うと、強い罪障意識に駆られてしまう。

混血児である自分は、世界の中心から遠ざけられている。次々と居場所を変えながらも、つねに周縁の寂しい場所に置き去りにされ、国家や民族といった観念が作り上げる境界に佇んでいる。幼少時より黒石が抱いていたかかる自己認識は、彼を同じく周縁に身を置く者たちへの共感へと向かわせることになった。社会的に差別された者、市民社会が汚穢(おわい)であるとして排除してきた者、象徴的な次元において世界の下層にあると見なされてきた者へと接近し、彼らと寝食をともにしながら偽善的な市民社会を嘲笑する。あたかもそれが運命であるかのように、彼はこうした方向へと導かれていく。

黒石における下層志向が最初に現れたのは、モスクワの修道女学校でコロドナと出会ったときである。「あの人はユダヤ人ですから、生徒が嫌うんです」と女教師が平然と語るこの雑役の女性に対し、伯父夫婦から厄介者扱いを受けた少年は親近感を覚える。コロドナは教育を受ける機会ももたない孤児である。だが黒石はその後もパリやペトログラードで彼女と再会し、ついに同棲するにいたる。だが差別された存在へ積極的に接近していこうとする黒石の意志が、より大規模な形で実現されるのは、月島から浅草亀岡町へと、彼の一家が転々と移動していったときである。

月島は東京湾に浮かぶ小さな島で、近代日本の富国強兵政策に応じて町工場から巨大な造船工場までさまざまな工場が林立し、日本全国から労働者が到来した埋立地であった。「月島の名物はコレラ患者と土左衛門だ」とみずから臆面もなく語るその埋立地に辿り着いた黒石は、石川島鉄工所の職工募集に応じて正直な履歴書を提出する。その西洋人的な容貌に驚いた職工長は、彼を鋳物工場の一般工員としてではなく、書記心得という曖昧な身分のもとに雇い入れる。だが彼は帳簿の表紙にドイツの髭文字を記していたのが親方の不興を招き、ただちに解雇されてしまう。そこで浅草亀岡町に製革工場を開いた板亀なる人物に招かれ、隅田川に面した今戸へと移り、豚の皮の染色に携わることになる。これは簡単にいって、作業場で寝起きすることだ。作業場は「隅田川に漂着したような焼木杭(やけぼっくい)で拵えてある粗末な掘立小屋」である。

「製革屋の牛殺しが車力で運んでくる豚の皮の毛を毟(むし)り除(と)って薬で染めたやつを板に釘張りする。張って干し上げた皮を機械(プレス)にかけて草履の型(かた)に断つのだ。花川戸あたりの履物問屋が風呂敷を担いで買いに来る。牛殺しではないぞと威張りながら、毎日毎日牛殺しの仕事をやった」。染色というのは大甕のなかに足を突っ込み、膝まで酢酸クロームの液(くすり)に浸かりながら皮を踏み続けるという重労働である。わたしはかつてモロッコのフェズで、少年たちが嬉々として足踏みに従事している広大な皮鞣(なめ)し工場を見学したことがあったが、その悪臭の強さには驚くべきものがあった。

黒石と三輪子は極寒の大晦日までその作業を休まず続ける。とはいえ、板亀はいっこうに報酬を払おうとしない。そこで語り手は右隣に住む三左衛門なる印伝屋(豚の内皮に漆を塗る職業)に相談を持ちかける。三左衛門は板亀を悪漢だと罵り、屠畜場の方が金になると勧める。彼はひどく親切である。「知らず識らず牛殺しに近づいて来たせいかもしれないが、士族や平民より牛殺しのほうがよっぽど親切で開けている。縁も由緒もない俺をいろいろ蔽(かば)ってくれる兄弟分のような気がして、心(しん)から嬉しかった」。ほどなくして一家を挙げて三左衛門の家に居候することになった黒石は、屠畜場へ向かう。「一番たやすい仕事」だといわれて引き受けたのが、牛の眉間に鉄棒を打ち込み絶命させるという作業であった。

この頃、三河島で製靴工場を経営している親方が、ひょっこりと黒石に会いに来る。ロシア政府が対ドイツ戦のために大量の軍靴を必要としている。ひとつ帝国ホテルに同行して、通訳をしてほしいという依頼である。ここでも鋳物工場のときと同じく、彼が幼少時に学び流暢に語ることのできた外国語が、社会の底辺において思いがけず利益をもたらすことになる。当然のことながら靴屋も屠畜業者も、この一見西洋人にしか見えない新入りをどう扱ってよいのかがわからない。素性を訊ねられるたびに、黒石は「西洋の牛殺しだと公言して、彼等を歓ばせていた」。

ちなみにここで「牛殺し」とあるのは、現行の緑書房版全集では「新平民」と直されている。「新平民」とは、明治時代に入って四民平等が公に唱えられたとき、それに不満を抱く「平民」が考案した差別用語である。常識的に考えれば、この語を現実に被差別の状況に立たされている者たちの前で口にすることは避けるべきだろう。黒石はこの言葉を用いていない。端的に「牛殺し」と自己紹介しただけである。ともあれ彼があえて「牛殺し」の語を使ったとき、周囲の者たちはいっせいに彼を歓迎した。彼らは異様な容貌をもった黒石がそれまでいかに深い差別を受けて育ってきたかを、この一語の発話を通して直感的に理解し、彼を自分たちの共同体へと迎え入れた。軽い調子で記されている一節であるが、黒石はここで自分の実存をかけて彼らにコミュニケーションを求め、その真摯さゆえに受け容れられている。

実はこれまで本書では説明的に言及をしてこなかったのであるが、自叙伝第三篇には雑誌掲載時、単行本刊行時ともに、「俺の穢多時代」という表題が付けられている。「穢多」の一語はすでに歴史的用語となっているとはいえ、不用意に用いるならば新たなる差別を助長しかねない言葉である。さすがに作者もこの表題が軽率であったと刊行直後に認識したようだ。黒石がみずから所蔵していた初版本（大泉耀子氏所蔵）の目次と表題を確認してみたところ、文字が万年筆で消され、「労働者時代」と書き直されていた。それ以降の単行本は、現行の全集を含め、その新表記を踏襲している。

わたしはここで黒石の軽率を糾弾して終りにしたいわけではない。それよりも、彼がなぜこの一語に向って自分を同一化させようとしたかを、まず理解しなければいけないと考えている。幼少時から黒石が抱いていた強い被差別意識、孤絶意識に下層志向が加わって極限的な形をとったとき、この表題が意図的に採用された。だがこの点については、さらに細かく探究する必要がある。わたしはいずれ被差別民の登場する長編小説『預言』を論じる際に、この問題にもう一度立ち返ってみることにしたい。

七　とうとう文壇追放

大泉黒石に対する既成の文壇からの抵抗には、陰湿にして頑強なものがあった。それを知るには『中央公論』編集長滝田樗陰の配下であった木佐木勝(きさきまさる)が若き日につけていた克明な日記が、第一級の資料として参考になる。その一九二〇年(大正九年)三月十五日の欄には、久米正雄にかぎらず誰もが「黒石のことになると触れたがらないから妙だ」とあり、「何か白米の中に砂が交じっているような気がしている。どうもこの作者はニセモノだと思っているが、どこが樗陰氏の気に入っているのか自分には分からない」という一節がある。「白米の中の砂」「ニセモノ」とは、なかなか率直な感想である。

黒石の名声に凋落の影が見え始めたのは『俺の自叙伝』四篇が完結した翌年、一九二二年あたりからのようである。先の木佐木日記の同年五月二五日から引いてみよう。

「近ごろ大泉黒石氏の評判が社の内外でひどく悪いようだ。いつだか田中貢太郎氏が来たとき、「黒石はひどいうそつきだ」と怒っていたが、話を聞くと諸方へ行って、田中氏のことについて根も葉もないでたらめな噂を撒き散らして歩いているのだそうだ。今日村松梢風氏が来たときも、

「黒石はうそつきの天才ですよ」と言っていたが、村松氏も被害者の一人らしかった。村松氏は「黒石が何んのためにありもしないでたらめな噂を撒き散らして歩くのか、その気持が全くわからない」と不思議がっていた」

木佐木はこれに続いて、黒石の後見人ともいうべき樗陰ですら村松の言葉を聞いて、「近ごろは黒石が恐ろしくなった」と発言していたとしている。「樗陰氏まで被害者にされて怒っているところをみると、評判どおり黒石という人物の正体がわからなくなってきた」と書きつけている。

黒石の虚言がどの程度のものであったかは、一世紀を経た今日では確認しようがなく、ただただ木佐木の日記を通して窺うしかない。ただ村松が「その気持が全くわからない」と語ったのについては、これは意図的な悪意を含む韜晦であると見なすことができる。この発言に続いて木佐木の日記には、村松が「ある人が黒石のところへロシヤ人を連れて行って話をさせたところ、黒石は全然ロシヤ語がわからなかった」と語ったという記録が残されているからだ。村松の心中にあったのは、外国語に不得手な自己をめぐる劣等意識である以上に、大衆小説家としての自分の地位が黒石に乗っ取られるのではないかという恐怖であった。ちなみにこの感情は、それを公言するしないにかかわらず、この時期の少なからぬ小説家が黒石に対し抱いていたものであったと推測できる。その背後に日本人と外国人の混血、つまり人種的に境界にある〈他者〉に対する偏見が強く働いていたことは想像に難くない。ちなみに黒石の側もそれに応え、文壇にむかって挑発的な言辞を吐いていたことが禍（わざわい）した。彼は「文学者開業時代」で書いている。

「故郷の中学を出ると、先祖代々の家や道具を売り飛ばして、一生一代の運だめしにこの東京へやって来た。学生になったり、労働者になったり、やることなすこと失敗続きで、口入屋の番頭も知らないような商売のありったけをやり尽くしたドン詰まりに来ると、もうこの際俺に出来る仕事は泥棒か乞食か文学者だ。（中略）だから俺は文学者になった」

一九二五年、滝田樗陰が四三歳で逝去する。後ろ盾を失った黒石は立ちどころに『中央公論』から追放されてしまった。連載途上の「人間廃業」は何とか翌年四月号まで掲載されたが、その後は「由井正雪は松平信綱である」といった雑文を数点「説苑」欄に発表したばかりで、一九二八年の春からはすっかり誌面から消えてしまう。この二八年からは同人誌『象徴』を別にすれば、一般の雑誌新聞への寄稿がほとんどなくなってしまい、逆に『グロテスク』といった猟奇雑誌に、「人肉生食の史実」といったコラムの執筆が顔を見せるようになる。

かくして黒石は日本の文壇から追放された。

ここで自叙伝の補遺補足として、黒石が『俺の自叙伝』完結から二年後の一九二三年にのちの単行本『人生見物』を、二六年に「人間廃業」を『中央公論』に連載していることに触れておこう。前者はいうなれば栄光の最後の時期に執筆されたもので、初出時の題名は「大泉万歳！　黒石万歳！」、「図に乗って傲んな馬鹿を見た「大泉黒石」」、「西伯利三界を迂路つく」であり、一九二四年に紅玉堂書店から刊行された。ここに躁的な精神状態を読み取ることは容易いが、同時に忘れてはならないのは、宿命的とも呼ぶべき自嘲癖と厭人癖である。後者は「慙服の巻」「悶着の巻」「絶倒の巻」「寂滅の巻」の四部からなり、雑誌連載後に同年、文録社から刊行された。

『人生見物』では先の自叙伝と比較して、饒舌の回転度数がより激しくなり、衒学趣味とあいまって、いうなれば阿呆陀羅経のような雰囲気を醸し出している。まずは冒頭。

「ナポレオン第一世と俺とは、巳年の八白土星だ。高島呑象先生の占いによると、俺の顔は普賢菩薩のように優しいが、内心は八幡太郎のように剛健だから、二十一になると身分不相応の出世をするそうだ。ことによるとナポレオンくらいにはなるかも知れないと思って、待っていた」ところが「ナポレオンになる年がやって来たから、独りで喜んでいると学校から追い出されたので意外だった」。

『人生見物』で語られているのは、これまで自叙伝で詳しく語られていなかった二つの時代、すなわち月島時代(一九一七)とシベリア時代(一九一八―一九)である。後者には旅行の途中で通過した朝鮮とハルビンの印象が細々と記されており、旅の相棒である万之助と赤軍を避けてきたロシア人の少女との恋愛物語が挿入されていて、それなりに面白い。だが特筆すべきなのは、前者において黒石の自由奔放な想像力が、みごとにグロテスクに開花している場面である。

語り手はまず月島の溶鉄場をダンテの『地獄篇』に喩えている。そこでは恐ろしい熱気のなか、燃える砂の上を赤々とした鉄が流れている。裸の職工たちが危険な作業をしている。あるとき語り手が世話になっている岩蛸の親方がクレーンから落下して、大怪我をしてしまう。片足切断を余儀なくされた親方は、もはや仕事を続けることができない。職工仲間たちは工場に抗議し、ついには工場打ち壊しを口にする者まで出て来る。だが工場は端金（はしたがね）で親方を追い出し、何の補償もしない。親方はたちまち生活に困窮する。そこで彼は何を考えたのか、ボール紙を切り抜いて鎧のようなものを拵えると、自分は鋳物工場で負傷して解雇された職人頭であると大書してくれと、黒石に依頼する。親方はそれを紐で首から掛けると、幼い娘を連れて往来へ出る。それ以来この奇妙なサンドウィッチマンは松葉杖をつきながら、毎日のように月島の端から端までを歩き回る。語り手はグラン・ギニョールにも似た奇怪なパフォーマンスを、こうして活写している。身体毀損と貧困に発する恐怖がここでは反転し、グロテスクな祝祭劇であるかのように語られている。

『人生見物』ではまだ貧しく無名な青年であった語り手は、『人間廃業』ではいつの間にか著名な作家になっている。彼は講演先に群がる俗物たちに辟易し、自分が「人よせのダシに使われている」ことに嫌気がさしている。彼は自分が他の文士と対等に扱われなくなってしまったことに、すでに気づいている。雑誌に自分の原稿は掲載されはするが「二段三段のベタ組み」で、すっかり「居候あつかい」だ。自分が軽んぜられ、無視されているのが我慢ならない。そこで大新聞の場を借りて「毛唐人の世界に紛れ込んで、板の間かせぎ」をすることを決意し、洋行のための送別会まで開催する。だが結局のところそれを取りやめ、ふらりと東京に戻って来る。そこへ活動写真の撮影監督を自称する田屋なる男が到来し、借金を申し込む。トルストイの『復活』を東京で映画化し大儲けをしようという企画を持ちかけて来る。フィルムは完成するが、運悪く本物の格調高いロシア版『復活』が輸入配給されることになり、計画は挫折する。何もかもにすっかり疲れてしまった語り手の前に一人の俳優が現われ、出演しなくともいいから、名前だけでも新作映画のために使わせてほしいと懇願する。

『人間廃業』には『人生見物』のようなスペクタクルをめぐる達観もなければ、無謀な冒険譚もない。その代わりに、自分がもはや文壇の中央から遠のけられたばかりか、実人生においても、父親のように金モールの礼服を着て苦笑をぶら下げることからほど遠く、立身出世に縁のない卑小な存在であるといったペシミスティックな認識が、繰り返し語られている。「聖人にもなれず、物の本にも載せて貰えず、名人にもなれない」自分に対する嘲笑が、テクストの全面を覆っているともいえる。これまでの自叙伝では野放図に自分を「俺」で通してきた語り手は、ここでは途中まで父親を「金モール」と呼び、自分を「金モールの伜」としか呼ぼうとしない。

とはいうものの本書で注目すべきなのは、文体における実験である。『人生見物』で試みられた無意味にして無償の饒舌が、ますます過激な装いを見せている。方言から歌舞伎のパロディまで、さまざまな文体が自在に呼び出され、黒石より二歳年少であったミハイル・バフチンの説く「自由間接話法」が、きわめて喜劇的な形で実現されている。いくつかの例を挙げてみよう。

「鼠のズクン、ツウガタの、スロク模様の毛織なる、ソールまとうた宮さんは、こなたの学生、焦茶なる、オンバコートに身をすくめ、フククルコガラス遣りスゴス、オクレス宮の辿りつく、オソスとマツス、クワンイツが……」
「貴様なんざ知るまいが、元を糺せば壮士あがり、習いおぼえた脅喝に、刑務所へも二度三度、だんだん馴れた臭いめし、ひょんな関係から巣鴨なる、活動会社に入りこみ、金につまって費い込み、帳尻合わずに馘られ、一文なしの旗揚げも、思うようには行かないが、女優あらしで轟いた、名前は岩堂太十郎だ」

いうまでもなく前者は東北弁による尾崎紅葉の『金色夜叉』の、後者は河竹黙阿弥の『青砥稿花紅彩画』、いわゆる「白波五人男」のパロディである。

こうした文体模倣の根底にあるのは、他者の言葉を自分の文脈のなかに引き受け、あたかも芝居の科白であるかのように語ってみせる饒舌に他ならない。そこには江戸時代の戯作にも縁日の香具師の口上にも近い、演劇的な言語行使が窺われる。

「生活のパンのと、さもしい根性を出しちゃいけない。食えなくなったって心から困りやしない。困ったって目を覚ますものか、篦棒め！　と、目が覚めないのを自慢に啖呵を切る君子の世界だ。だからそんな謙遜はしちゃみるが結局は上表で、枝や葉だ。この枝がどうかすると「ボル」と揺れたり、この葉が「アナ」と翻ったりするが、枝葉には見えずとも根は腹中に磐々として蟠っている。一たん緩急あらば義勇公に奉じて、占領してやるから旅順港を出せ！　と腕をまくらせるのもこの根だ。排日なんざア幾らでも食ってやるから持って来い！　なんて口をあけさせるのもこの根だ」

とはいえ、一見喧嘩口調で威勢のいい饒舌の背後には、日本と日本人の皮相さに対する不信感と、どこまでも彼らに同一化することのできない寄る辺なさ、孤立感、後悔と軽蔑の入り混じった感情が窺われる。

「肩書にもいろいろあるが、泥棒と文士ほど哀れ滑稽(おかし)きものは、世に絶えてないというのがこの伜の思惑だ。学問も知恵もないのは我慢するが、幇間(たいこもち)の帽子を被り、掏摸(すり)の眼鏡をかけて、洋服屋の看板みたいに、ひょろついている穀つぶしのくせに、生きているのは俺ばかりだと言わぬばかり高く止まって気取り澄ましている烏滸面(おこづら)を見ると浅ましくなる」

「もっとも始めからこうまで軽蔑してかかった訳じゃないんだ。商売仲間と交際(つきあ)っているうちに、右の思惑が確かになってきたのだ。だから何かの拍子で悲観の虫が被って来ると、もうこんな下等な人間のするような仕事は今日かぎり廃(や)めちまって、納豆でも売った方が遥かに潔(いさぎよ)いということになるばかりじゃない、机を押しやって、いよいよ廃業に取りかかるのだ。納豆は後まわしでもいい。こう見えたってこの伜には数学の先生の資格もあれば、西洋人の言葉も少しばかり持ち合わせている」

『人間廃業』という書物の表題は、この一節に由来している。混血という出自や困窮した経済状態に由来する悲観的人生観は、これまでにもいくたびか顔を見せてきた。だがそのたびに新しい人物が登場して新世界が開示されたり、思いもよらぬ波瀾万丈の冒険が開始されるというのが、黒石の語りのつねであった。『人間廃業』にはそうした回復の契機が欠落している。もはや語るに足るあらゆる冒険は語り終えてしまった。自分はもはや一介の原稿生活者にすぎず、もう何も新しいことに挑戦することができないのだ。こうした閉塞感が黒石をいっそう憂鬱にし、以前にも増して厭人癖へと導いていく。漱石の名作『草枕』冒頭の、黒石ヴァージョンを見てみよう。

「酒でも引っかけて陶然と酔っぱらっている間は、面を見るとブン殴るより他に仕方のない人間どもに対しても、兄弟みたいな気分になってやろうか、というほど寛大な了見にもなれるし、また、焼き払うより他に仕様のない世間までが、どうやら賃借りの我が家のようにも思われるから、少々気に食わんことがあっても我慢が出来るというものだ。もっとも片っぱしから人間の面をブン殴って歩く暇はなし、そう易々と焼き払われるような世間でもあるまいから、成るべくなら人間世間の面を見ない工夫をするのが一等軽便だ。漱石の『草枕』には、おならの勘定をされたり、お尻の穴の寸法を取られるのが嫌さに、人情世界から逃げ出して、山の中を迂路つきながら俳句なんぞ捻りまげたのらくら絵師がいる。汽車賃と宿銭に困らんかったら、山の中へ韜晦するのも、人間世間の面を見ない工夫だろうが、折角なら首でも吊って、さらりさっぱり御暇申したら、これに越したことはなかろう」

アルコールと山中の彷徨。『人間廃業』に冗談めかして書きつけられたこの一節には、実は冗談ですまないことが予言的に記されている。文壇を追放された黒石はそれ以来、日本中の山野と温泉を廻り、一九二九年に春陽堂から『峡谷を探ぐる』を刊行して以来、もっぱら山中的人間として一九三〇年代を過ごすことになるためである。その際、酒が欠かせないものであったことは、もはやいうまでもないだろう。そして彼は戦後、大量のアルコールに体内を蝕まれて、不運の生涯を閉じてしまうのである。

八

『露西亜文学史』1

湧く井のそこの白石（しらいし）や
記憶は澄みてわが胸に
解けやらぬ身の憂（うたて）かな
悩ましくもうっとりと、

誰かは知らむ吾ひとみ
色蒼ざめて見詰むるよ
涙ばなしの聴き手より
傷ましや物おもいげに。

燻（くす）ぶるこころ一つもて
人は土偶へ堕ち行けり

大悲や永遠（とわ）に続けとて
記憶となりて残るなり。

『人生見物』第五章冒頭に掲げられた詩である。作者はアンナ・アンドレーヴナ・アフマートワ（一八八九—一九六六）。一九一六年（大正五年）に書かれた「記憶」воспоминание という詩である。これを黒石は見事に七五調に翻訳してみせた。

この自伝的作品では主人公の「俺」はシベリア出兵に乗じてチタに向かい、そこでカーチャなる少女に出会う。この利発な少女が大好きな詩だといって本棚から青い表紙の本を抜き出し、語り手に読ませるのが、この詩である。

アフマートワの詩集『白い群れ』は一九一七年から二二年にかけて、三度にわたってペトログラードで刊行されている。評判が高かったのであろう。『人生見物』のこの部分の初出は一九二四年二月号の『中央公論』であるから、黒石はいずれかの版からこの詩を引いたのであろう。いうまでもなく、日本におけるアフマートワの最初の紹介であり、しかも典雅な翻訳である。以下に原詩を掲げる（註）。

Как белый камень в глубине колодца,
Лежит во мне одно воспоминанье.

Я не могу и не хочу бороться :
Оно — веселье, и оно — страданье.

Мне кажется, что тот, кто близко взглянет
В мои глаза, его увидит сразу.
Печальней и задумчивее станет
Внимающего скорбному рассказу.

Я ведаю, что боги превращали
Людей в предметы, не убив сознанья,
Чтоб вечно жили дивные печали.
Ты превращён в моё воспоминанье.

説明がなければ、人は黒石の訳詩を見て、大正期の象徴詩人の作品ではないかと誤解してしまうかもしれない。水の流れに似て、ときに迸ってはときに停留するといった流麗なリズムをもち、みごとに磨き抜かれた日本語である。もっとも原詩はけして難解な詩語に訴えることはなく、むしろ平易な言葉遣いを通して論理を構築していくといった文体で書かれている。雰囲気は大分異なっている。両者を対比してみよう。

第一連の最初の二行、Как белый камень в глубине колодца,/Лежит во мне одно воспоминанье. は文字通り訳せば、「井戸の底の白い石のように／わたしの中にひとつの記憶がある」となる。黒石はそれを「湧く井のそこの白石（しらいし）や／記憶は澄みてわが胸に」と訳した。「湧く」「澄みて」を補い、水と記憶の清明さが互いに共鳴し合うように配慮したのである。心憎いといわざるをえない。

第二連の、Мне кажется, что тот, кто близко взглянет/В мои глаза, его увидит сразу.（「わたしは思う、人はわたしの眼を深く覗き込んでみたら／その記憶をただちに見て取ることだろう」）という、鏡の反映を思わせる二行は、「記憶」の重複を避けて「誰かは知らむ吾ひとみ／色蒼ざめて見詰むるよ」となって、対決的な論理よりも流麗な情緒性にアクセントを置いた。

興味深いのは第三連である。Я ведаю, что боги превращали /Людей в предметы, не убив сознанья.（「わたしは知っている、神々が変えてしまったのだ／人間を物体に、意識はそのままにして」）は、あえて「神々」も「意識」も落とし、「燻（くす）ぶるこころ一つもて／人は土偶へ堕ち行けり」と、思いきった解釈を施している。「土偶」とはいいえて妙ではないだろうか。もっともこの連では、黒石はきわめて大胆に言葉を選び、悪くいえば超訳に向かっているような印象がないわけではない。原詩は、わかりやすく絵解きするならば、神々は人間の抱く不思議な悲しみが消え去らないように、人間を意識はそのままにして物体に変えてしまった、だからあなたはわたしの記憶となって、永遠に残ることだろうという程度の意味である。だが訳者は дивные печали（「不思議な悲しみ」）に「大悲」という、本来は慈悲慈愛を示す仏教用語を宛ててしまったために、アフマートワの意図からはいくぶん逸脱してしまった。とはいえそれを日本語の自立した詩作品として見てみるならば、ここに蒲原有明（かんばらありあけ）の象徴詩に近い高雅さが実現されたということができる。

黒石は折に触れて俳句を嗜み、その趣味は晩年まで継続した。だが作品として纏まった詩作品などを遺しているわけではない。とはいえこのアフマートワの翻訳の高雅な抒情味は、彼が単にロシア詩に親しんでいたばかりではなく、同時代の日本の詩を読みこんでいたという事実を証立てている。原詩を深く読み込むことができただけではない。それを韻律のある日本語に凝縮し、日本の詩として練磨するだけの力を黒石は持っていた。

文学者黒石にとってロシア文学とは、生涯を貫く基調音であった。本書において順繰りに語ることになるが、短編長編を問わず彼の小説には、十九世紀以降のロシア文学の影響がはっきりと窺われる。

まずトルストイ。国家を否定し、みずからの罪障を深く悔いるこの著名なアナーキストの存在は、初期の短編『青白き屍』から『老子』二部作まで、程度の差こそあれ、ほとんどすべての作品に影を落としているように思われる。そもそも黒石が『道徳経』に向かったのも、少年時にたまたま知遇を得たこの大作家に導かれてのことであった。

ドストエフスキーの小説を特徴づけている長々とした対話と独白は、『預言』の結末部における、主人公たちの呪われた出自の告白にヒントを与えているし、『老子』の舞台となる木賃宿での人物たちの会話は、黒石みずから訳筆を執ったゴーリキーの『どん底』を連想させる。数多くの短編におけるグロテスクな描写と怪奇趣味は、作者がゴーゴリから学んだものである。晩年の傑作小説となった『おらんださん』に描かれた世界転倒のヴィジョンは、作者が日本のゴーゴリと呼ぶにふさわしい祝祭的想像力を、思うがままに駆使できる存在であったことを示している。

最後にチェーホフについて述べておこう。「天女の幻」には三人の骨董屋兄弟が揃いも揃って同じ秘仏の像をめぐって争奪戦を繰り広げ、正体不明の女性に振り回されるという物語が語られている。これは明らかにチェーホフの怪奇短編「黒衣の僧」に着想を得たものである。蜃気楼に似た空気の層のおかげで、地上には不気味な僧侶の映像が次々と増殖してゆくという「黒衣の僧」の物語は、分身のグロテスクな増殖という点で、ドイツ・ロマン派のメルヒエンとともに黒石に霊感を与えた。

だがチェーホフの影響は、そうした特異な幻想趣味に留まらない。黒石の短編には登場人物たちが、アンドレーエフやガルシンといった、作者よりも一、二世代上のロシアの作家を好んで話題にする場面が存在しているが、チェーホフの名はそのなかでも特権的な位置に置かれている。『煙れる心臓』という短編では、作者の分身と思しき語り手は、希望と信仰に満ちていた過去の日々を回想し、そこに「悲しき微笑」を認めながら、現下の日常における意気消沈と苦痛を嘆く。そのあり方には、ほとんど『ワーニャ伯父さん』の独白に近いものがある。世界そのものを天井桟敷のような片隅から眺め、作品の表題にもあるように、人生とは「人生見物」に他ならないと達観の姿勢を嘯いてみせる知恵を、黒石はチェーホフから学んでいる。

『露西亜文学史』は、こうしてロシア文学の恩恵を全身で浴びることになった黒石が、流行小説家として絶頂に達しようとしていた一九二二年に、大鐙閣から刊行した学術書である。現在は講談社学術文庫に入っているので比較的容易に読むことができるが、文庫本にして四五〇頁近い分量であり、多忙きわまりない日々のなかで、よくもこのように大部の書物を執筆することができたものだと驚かないわけにはいかない。もっとも黒石にとっては自分のアイデンティティに深く関与する著作である以上、何が何でも執筆しておきたいという情熱に駆られていたのであろう。大学の講義などで用いられる教科書としてのロシア文学史とは異質の、強いアクセントをもった書物として成立している。

簡単に本書の構成を見てみよう。ちなみに以下ではロシア人の固有名詞は、今日一般的な表記ではなく、黒石が記した通りに倣うことにする。

序論ではまず「口伝文学はその民族の想像力、すなわち民族が持ち合わせている詩的能力の一切を包括して云うところの文学上の総計であって、それはその民族口伝によって、云い替ゆれば人の口から耳へ、口から耳へと代々伝えられた原始的の形のままの文学である」という宣言が、高らかになされている。

第一篇「口伝文学とその時代」は、かつて雑誌『露西亜』に発表され、『闇を行く人』（一九一九）に収録された「露西亜の伝説俗謡の研究」（一九一八）の再録である。だが本書の冒頭に置かれることで、作者がこの論文執筆の時点で、既に『露西亜文学史』全体のあり方を構想していたことが判明する。第二章で触れたので繰り返さないが、「序」を受けて、伝説俗謡の歴史的発展が述べられ、その例として三曲の「史謡」（歴史抒情詩）の翻訳が掲げられている。

第二篇「記述文学とその時代」から、いよいよ文字言語で記された文学が論じられる。第一章「伝説文学時代の背景と文化草昧時代の文学と」では、キリスト教の布教僧によってロシアにもたらされたキリル文字が、宗教文書から始まって、文学の興隆にいかに貢献するようになったかが論じられている。ロシア文学はビザンチン、ギリシャ、ブルガリアといった三つの文化に喚起される形で開始された。ここで対比されるのが、修道士と隠者の手になる禁欲的な文学と、それに対抗して誕生した『イーゴリ遠征譚』、それぞれの文学的意義である。十六世紀から十七世紀にかけて印刷機が導入され、ピョートル一世の下にあって社会と文化に大きな発展が見られたことを指摘して、この章は終わる。

第二章「演劇と戯曲」では、アンナ朝、エリザベータ朝、エカテリーナ朝と時代が改まるごとに、演劇がいかに発展していったかが語られている。イタリア音楽と演劇が導入され、ロシアで最初のオペラ劇場、帝室劇場が建てられたこと。ヴォルコフ、フォミン、ロモノーソフといった才知溢れる者たちによって、文学と音楽演劇が宗教から完全に自立し、定期刊行物の登場によって、文学が大きく発展するにいたったこと。

もっともこのあたりの記述は何冊もの種本を元にしてなされたのであろうと、わたしは睨んでいる。書物の巻末には「著者の参考書」と称して十二冊のロシア書と一冊の英書の名が掲げられている。その出版元を見ていくと、モスクワ、ペテルブルクの書肆は当然として、上海マルテンセン書店やニューヨークの「第一ロシア出版会社」なる書店の名が見える。個々の書物について批評する力をわたしは持たないが、一九二〇年代初頭にあってロシア書が国境を越えてロシア人社会のなかで刊行されており、それを東京の黒石が入手して自著のために役立てていたことを知ることは感動的であるといえなくもない。

第三篇「近古文学とその時代」は分量にして本書のおよそ半分を占めているが、奇妙なことに第一章「詩および詩人」しか存在していない。論じられているのは最初の詩人ともいうべきジュコフスキーとクルィロフであり、続いてプーシュキンである。プーシュキンには多くの頁が割かれ、その生涯と社会思想の紹介に始まり、『エヴゲニー・オネーギン』や詩劇『ボリース・ゴドゥノーフ』といった主要作品の梗概、同時代の批評までが細かく解説されている。つづいてプーシュキンの後継者であるロマン主義、神秘主義文学として、コズローフ、ヤズィコフらといった詩人たちが登場し、喜劇『ゴーレ・アト・ウマア』を書いたグリボエドフに照明が当てられる。

だが何といってもプーシュキンの後に聳える巨大な山の頂として取り上げられるのは、レルモントフである。レルモントフについてはその生涯と代表作『現代の英雄』の要約ばかりか、長編詩

「悪魔」が丸ごと、五〇頁近くにわたり訳出され、ドストエフスキー、ゴーゴリの描いた悪魔像との比較対照がなされている。異常なまでの熱の入れ方である。

この章の最後は、民衆的な農民詩人コリツォフを論じて幕を閉じる。読者のなかにはなんだい、十九世紀は詩人だけで、小説家が一人も登場してこないではないか。そうした不満を抱く向きも少なくないだろう。無理もない。日本では（というより全世界的に）二葉亭四迷や内田魯庵の往古から、ゴーゴリ、トルストイ、ドストエフスキー、ツルゲーネフ、そしてチエーホフといった小説家が大人気で、数多くの翻訳が刊行されたばかりか、およそ文学を志す者ならば、一度はかならず彼らの洗礼を受けねばならぬという暗黙の約束ごとまであったためである。現に黒石にしても、本章の前の方で触れておいたように、こうした大家の作品を読まなかったとしたら、作家の道を志すことはなかったであろう。

とはいえここで留意すべきなのは、『露西亜文学史』が中絶した書物であるという事実である。黒石は明らかに第三篇第二章以降も執筆を構想していたのであろうが、売文渡世があまりに多忙で延び延びになっているうちに、続篇を書き続ける気力を喪失してしまったのではないだろうか。だとすれば残念至極だとしかいいようがない。この書物はその後、一九四二年に再刊されることになるが、そこでも加筆はなされていない。思うに作者は力尽きてしまったのであろう。

註　アフマートワの原詩は、https://ru.citaty.net/avtory/anna-andreevna-akhmatova/tsitaty-o-vospominaniiakh/ に

よる。黒石が『白い群れ』のどの版に依拠したかについては、中本信幸の先駆的論文「大泉黒石とレフ・トルストイ——黒石の生涯と文学に与えたトルストイズムとロシア文学の影響」(『人文学研究所報』十三号、神奈川大学人文学研究所、一九七九)におけるテクスト校訂論を参照。

九　『露西亜文学史』2

「僕の主義主張は、昔も今も変らない。簡単に言えば“Nihil nihil, vere, in vita, nihil est !”だ“Vitae satietas mencepit !”だ。哲学的に言えば、そこには一物をも存在せず、いや、存在するとしても、我々はこれを認識することが出来ない。いや、認識することは出来るかも知れないが、我々はこれを第三の者に伝えることの出来ないというような宇宙の非実体論や、ツエノンなどの懐疑説を直ちに讃美するまでもなく、僕の経験は即ち〝天地不仁にして万物を以て芻狗となす〟くらいなことは直接僕に教えてくれる。僕は一個の厭人主義だ。僕は一個の煮え切らない「ペチョリン」だ。世の中は最初から決して「楽園」でなかったことを創世紀の作者に訂正して貰おうと思っている」

『人生見物』第四章の結末部から引いた。文中のラテン語は「人生には実に何もない」というほどの意味。「天地不仁」以下は老子『道徳経』の一節で、宇宙は無慈悲なもので、どんな存在に対しても、祭礼に用いる藁の犬の飾り物くらいにしか考えておらず、用がすめばただちに捨ててしまうという意味である。和漢洋に強い黒石の衒学趣味がチラリと覗く文章である。では「ペチョリン」とは何だろうか。現在ではたしてどれくらいの読者がいるのかは定かではないが、これはミハイル・ユリエヴィッチ・レールモントフの長編小説『現代の英雄』(一八四〇)の主人公のことである。今日では「ペチョーリン」と書くのが一般的だが、この人物は小金井喜美子(森鷗外の妹)が『浴泉記』と銘打って、一八九二年(明治二五年)に抄訳を発表して以来、ラスコーリニコフやオブローモフと同様、ロシア文学のスター的キャラクターであった。いや、正確にいうと、それ以前からさまざまな翻案小説の種本の主人公として著名であった。もちろん黒石は小金井喜美子の翻訳になど目もくれない。勝手に原書を読んで、独り心酔していたのである。

『現代の英雄』の主人公ペチョリンは、コーカサスに勤務する青年将校である。美男子であり、女性たちにも評判がいい。彼は戦闘の危険にも勇敢に身を晒し、上流階級の美女とも純真な田舎娘とも、欲望の赴くままに恋愛をする。だがいかなるものにも心を動かされることがない。一度は鬱勃とした野心を抱き、情熱に心を衝き動かされはするが、それを真に投げかける絶対的な対象を見出すことができない。その結果、何もすることがなく、無為に才能を費やしてしまう。「僕は一個の煮え切らない「ペチョリン」だ」と黒石が書いたときその心中にあったのは、文学への情熱も、そのインフラである稀有な体験も語学力も持ちながらも、人生に究極的な目標もヴィジョンも抱くことができないでいる自分の状況であった。

黒石にとってレールモントフは大いなる憧れの文学者であり、ペチョリンは自己を投影してやまない理想の英雄であった。偏愛は『露西亜文学史』の後半を読むだけで、はっきりと伝わってくる。しばらく黒石の手になる「レルモントフ」論を読んでみることにしよう。驚くべきや、それは分量にして本書の六分の一に及んでいる。

黒石はまずレールモントフが純粋なロシア人ではなく、もっとも近い祖先は「純粋のスコットランド人」であったという伝記的事実から説き起こす。父の代までは貧しく、「ロシア人になれきれない半スコッチ」であり、それに比べ母親は、ポーランドの「裕福な貴族の大地主の娘」であった。こうしてのっけから、レールモントフの異人性が強調される。もっともこの身分違いの恋が衆人の知るところとなり、「領民の軽蔑と反感とをかった結果」、二人は他所へ駆け落ちを余儀なくされた。花嫁は当時まだ十四歳であり、レールモントフを出産して三年後に死亡。彼は母方の祖母のもとで育てられることになった。

黒石の叙述に従ってレールモントフの生い立ちを瞥見してみて気付くのは、それが黒石本人のそれに、実に似通っているということである。黒石もまた混血児として生を享け、幼くして母親に死なれ、祖母に育てられた。妻美代との結婚は親族の妨害を受け、レールモントフの両親同様に駆け落ち同然であった。だが経歴の類似はそればかりではない。小学校にあっていつも独りぼっちでいたレールモントフは、モスクワの寄宿制の中学に入れられると、今度は教師の排斥運動に加わって退学処分を受けてしまうのだ。これも長崎の小学校で虐められ、パリのリセを放校処分となった黒石の少年時代に似ている。モスクワからペテルブルクに移り、大学入学を目指したレールモントフは、ここでも挫折する。その結果、「一人で馬鹿に自棄的になり、運命論者的になり、その反動として、恐ろしく皮肉になって、おしまいには学問に愛想をつかした」。

もっとも祖母が裕福であったから、直接生活に困ることはない。陸軍士官学校に籍を置きながら、華やかな社交界に足を踏み入れ、詩作に専念。十九歳で士官に任じられたころには、世間でいっぱしの詩人として認められるようになった。ところで一八三〇年代にヨーロッパでもっとも人気のあったアイドル文学者というと、ロマン主義の英雄バイロン卿である。フローベールの子供の頃の手紙を読むと、その熱狂ぶりがよくわかる。レールモントフも御多分に洩れずバイロンに夢中になり、蛮勇を振るってロシア語に翻訳を試みた。そして、その圧倒的影響のもとに代表作のひとつ「悪魔」の執筆に向かった。「語学の天才」にして「厳酷な批評家」としてのレールモントフ。こう書き付けたとき黒石は、彼を生涯のロールモデルとしたいという強い衝動に駆られていた。

レールモントフの生涯に転機が生じたのは、プーシュキンの死に際して、彼を誹謗する者たちを「自由と天才と真理の虐殺者」だと罵倒する哀悼詩を発表し、物議を醸したときである。もとより狷介で敵の多い性格が禍し、処刑こそ免れたが、コーカサスに流刑されてしまった。もっとも「この荘厳と醇美と華麗の流謫地」は、結果的に彼の創作に大きな実りをもたらすことになった。「悪魔」を完成させてペテルブルクに帰還してみると、彼は大歓迎を受けることになった。だが調子に乗ってフランス大使の御曹司と決闘沙汰となり、これは双方に怪我もなく終わったものの、皇帝の怒りを買って、レールモントフはふたたびコーカサスへ追いやられてしまう。

だが受領（ずりょう）は転んでも徒（ただ）では起きぬとはこのことか。ここでも彼は長編小説『現代の英雄』の執筆に勤しむ。現地の「無智な」人間と生活をともにすることは苦痛ではあったが、一人の娘と恋愛する。そして恋の競争相手である将校とまたしても決闘し、あっけらかんと射殺されてしまう。わずか二七歳の生涯であった。

黒石はレールモントフを「偉大な自尊家であり、厭世家であり、超人的の人間」であったとし、その詩に流れる強烈な悲哀の感情は、ロシア人としては珍しい類のものであると論じている。それは「少年時代の悲惨な、寄る辺なき境遇に育てられた厭世的性格の発露であるが、この早熟な大人びた厭世的思想は、彼が成人後において、ある力強い暗黒な霊魂に接触する事によって後天的に得た病であるということもできる」。

「レルモントフは未来を信じなかった。その反対に過去に経験した物はことごとくこれを信じた」「空莫とした希望と慰安の所有主である未来に慰められるよりも、むしろ過ぎ去った悲痛な年月や時代の脅威を恐ろしきまでに深く感じた。彼は少年時代から「ああ、ああ、俺はただ忘れることのできないものを忘れることができればいいのだが！」と口癖のように云った。彼はこうして過去において自分を苦しめたさまざまの出来事を記憶し、その記憶の苦痛を記憶して、非常に矛盾ある悲哀を覚えたのである」

こうして黒石はレールモントフの非ロシア性を、一つひとつ論証していく。バラトゥインスキーにしても、プーシュキンにしても、その悲哀とは、永遠の青春なり永遠の貞節なりといった、未来における、人間の手の及ばない願望を抱くことに由来する悲哀である。しかるにレールモントフのそれは、過去の永遠を欲している。悲哀の「色彩」が異なっているのだ。レールモントフはロシア的伝統よりも、キリスト教的伝統よりも、何よりもバイロンに多くを負っていて、「自分の心の苦痛に対して第三者の同情を求むることが自分を蔑視すること」だと信じていた。そして当時のロシア社会が彼のことを「虚偽の人」と呼んだことを、忘れずに書き留めている。

こうしてレールモントフの異人性、非ロシア性が徐々に浮き彫りにされていくのと並行して、ロシア的なるものが逆に浮かび上がってくる。

「ロシア文学は謙遜と不自由と忍従を教ゆる説教であった。そして遇々反逆的に事を試みた文学者や詩人は、たちまちにして「退けられた」。(中略)最後まで自尊自重で押したレルモントフは、ロシア文学者中の奇人と云っても差支えないのであった。彼は自分が不謙遜であることに少しの後悔もしなかったのである」

ところで、これは一体アカデミックな文学史の記述なのだろうか。黒石のレールモントフ論を読み進めていくうちに感じるのは、語り手が学問的な枠組みなどかなぐり捨ててしまい、どこまでも対象に接近し、彼に同一化しようとする強烈な意志である。ここには自分と同じように混血で、父親も母親も充分に知らないままに育ち、幼少時より深い孤独感に苛まれた男がいる。彼は天才ではあるが、社会からはその虚偽を詰られ、人生の究極のヴィジョンを持つこともできないままに若くしてこの世を去った。彼が遺した詩と小説を読む「僕」とは、いったい何者であるのか。彼がバイロンを敬愛し、その詩を翻訳したように、「僕」は彼の詩を翻訳し、その短い生涯に心を寄せる。そして彼の視座を借り受けながら、彼を周縁へと追いやり破滅させた巨大なロシア的なるものに思考を向ける。このように考えてみると、黒石が流行作家として多忙な日々を過ごしているにもかかわらず、レールモントフ論に心血を注いだことの必然が了解されてくる。黒石は自分の生涯を先取りするかのように、この天才文学者の肖像を描いたのだ。

『露西亜文学史』を日本におけるロシア文学研究史のなかにどう位置付けるかという問題は、わたしの力の及ぶところではない。体系的にロシア文学を研究した専門家にして、はじめて可能なことであろう。わたしにできることは、それを『俺の自叙伝』や『人生見物』と同じ次元において、つまり文学者黒石のテクストとして批評的に読むということしかない。もっともロシア文学者の側からこの書物を高く評価した稀有の例がないわけではない。この文学史が一九八九年に講談社学術文庫に収録される際に校訂を担当した川端香男里による「解説」がそれである。以下にその要点を書き出しておきたい。

＊日本人の手になるロシア文学史は明治以来、そう多くはないが、本書はそのなかでもとりわけユニークな書物であり、書き手の個性と文学的感受性がみごとに示されている。それは教科

書ではなく、ロシアへのなみなみならぬ愛惜が記された書物である。

＊一九二二年に刊行された書物である以上、現在の学問的立場からすれば疑問点が存在していることは事実である。だが著者にはこの書物を書く意図があり、目的があった。ロシア文学の始原、ロシア的なるものの起源を求め、時代を遡行せんとする意欲を、まず評価しなければいけない。著者のロシアの歴史に対する熱い思いとロシア体験が、そこには込められている。

＊著者は十九世紀の批評家ベリンスキーに少なからぬものを負っている。だがより重要なことは、文学をイデオロギーの色眼鏡で眺めていないところである。巻末に掲げられた参考文献一覧には左派系の書物も見受けられるが、著者はその説を鵜呑みにすることはなく、何よりも自分の視点でそれを読み活用している。

＊著者はロシア文学のアンソロジーを通して、全時代にわたって文献に接している。だが利用した文献のすべてを参考文献として挙げているわけではない。英語とフランス語の文献をかなり利用していた形跡がある。

＊本書がレールモントフ、コリツォフまで来て、ゴーゴリに到達する寸前で終わっているのはいかにも残念である。黒石本人も心残りを感じていたに違いない。だが彼のロシア文学の味読は、その実作に充分生かされている。黒石の読者は作品の背後に、彼のロシア文学像を想像することができるだろう。

大正時代のロシア文学者たちが『露西亜文学史』をどのように受け止めたかについては、残念ながら記録が残されていない。これは日本のアカデミズムに特有の現象であるのかもしれないが、こと文科系の専門研究に関するかぎり何よりも重視されるのは、日本国内の大学でいかなる教授の元に指導を受け、いかなる学閥に帰属しているかという問題である。黒石のようにもともと日本のロシア研究者の薫陶を受けることなく、いきなりトルストイに会ってしまったり、現地で豊かな生活体験をもって「帰国」するといった人物は、想定外の存在に他ならなかった。彼は日本の狭小な文壇にあって異邦人であったが、ロシア文学研究者の狭いサークルのなかでも、その力と業績にふさわしい椅子を与えられることがなかった。

とはいえこの書物は、専門家とは無関係なところで、日本文学に痕跡を遺すことになった。若き日の島尾敏雄に大きな影響を与えたのである。

『死の棘』の作家は後に黒石の次男灝（けん）の自著である遺稿集『赤い泥鰌』（私家版、一九八四）に「大泉灝さんを偲んで」という一文を寄稿し、自分が一九三六年に長崎高等商業学校に入学してからロシア語を学び、ロシア文学を耽読した時期のことを回想しながら、次のように書いている。

「当時私はその町の古書店で黒石の「露西亜文学史」などを見つけ、さまざまに自由な思いをはばたかせて興奮しました。私は南山手町の木造洋館の一室を借りて住んでいましたが、界隈には亡命ロシヤ人たちが何家族も住んでいたのです。その時分私は御多分にもれず、ドストイエフスキイやプーシキン、レールモントフ、ガルシンなどロシヤ文学の翻訳文を夢中になって読んでいたのですが、〔中略〕私にとって、〔本書は〕心を奪われた想像の中のロシヤ文学の世界と下宿界隈の亡命ロシヤ人の現実とを結びつける象徴的な存在とさえ見えていたのでした」

思うに、島尾のような形で本書に接した青年たちは少なからず存在していたのではあるまいか。彼らがロシア文学に寄せた情熱が戦後の日本文学の豊饒さを準備する基礎作業のひとつとなったことは、すでに日本文学史のなかの出来事として認知されているところである。

十　老子の肖像1

一九二二年(大正十一年)、黒石は快進撃のただ中にあった。『中央公論』に「父と母の輪廓」なる自伝エッセイを発表したのを皮切りに、『文章倶楽部』『婦人界』『近代音楽』『東洋芸術』といった雑誌にロシア事情について寄稿する。二月には満を持して大鐙閣から大部の『露西亜文学史』を刊行。ロシア文学者としての評価を江湖に問う。加えて彼は思いがけず、前代未聞のベストセラーを出してしまったのである。

事の起こりは、六月に新光社から長編小説『老子』を刊行したことに始まった。もとより老子にはトルストイ経由で親近感を覚えていたこともあり、黒石としては学生時代に苦手だった漢文を克服したところを認めてもらいたいくらいの気持ちだったのだろう。痛快冒険小説でも書いてみようという程度の心構えだったのかもしれない。それがあっという間に増刷、増増刷を重ねてしまった。十月の時点で三六刷に到達し、いわゆるベストセラーとなった。となればただちに続編に着手。『老子とその子』が十一月に春秋社から刊行された。もちろんこれも正編に劣らず、洛陽の紙価を高めた。

二冊は黒石の文筆家としての生涯において、おそらくもっとも人口に膾炙したものである。次男灝の回想(大泉灝『赤い泥鰌』)によれば、「お経の本の様な折たゝみの通帳の欄に数日おきに数百円の入金が印字されてい」て、不審に思った郵便局が警察に届け、わざわざ警察官が黒石の職業を訊ねに訪問したという逸話が残されている。積年の老子『道徳経』への愛着と黒石一流の造話主義が結合したとき、この中国哲学の泰斗をめぐる哲学小説が執筆され、痛快な知的読み物を求めていた大正時代の読者にみごとに応えたのだといえる。

老子についてはほとんど何も知られていない。おそらくは古代中国に実在くらいはしていた人物だろうが、生涯は謎であり、思想家として活躍した時代もはっきりとはわからない。『史記』を著した司馬遷が唱えた一説によれば、楚人にして姓は李(り)、名は耳(じ)。「老子」は号である。周の守蔵室(図書館・古文書寮)に勤めていたが、周の衰亡を知って官を辞し、放浪の旅に出た。関所(一説に函谷(かんこく)関(かん))を通過するとき、関令(長官)に教えを乞われ、『道徳経』二巻五千余字を残して去ったという。

老子について饒舌に語っているのは、思想的に深く共鳴しあっている『荘子』である。それによれば、儒教の徒たる孔子は若き日に老子に教えを乞うたが、その教説の真意を理解することができず、浅薄な世俗哲学の域に留まったという。

ちなみに白川静は『孔子伝』(中央公論社、一九七二)のなかで、老荘の思想を「敗北者の思想であり、基本的には敗北の哲学である」と見なしている。『道徳経』はきわめて凝縮された表現に満ち、一義的に意味を定めることの難しいテクストではあるが、そこに作者の政治的挫折と失郷体験が色濃く漂っていることは否定できない。黒石はこの伝説上の哲学者の生涯が不詳であることから、彼を主人公に、ありえぬ物語を築き上げたのである。

黒石の『老子』『老子とその子』は、老子の哲学を謹厳実直に説いた書物ではない。主人公の李耳は会話のなかで、要所要所で『道徳経』の言葉をかみ砕いて語ってみせるが、けっしてそれに束縛されているわけではない。彼はみずからの過去に深い後悔を抱き、正義と愛のために思い切った行動も辞さない、血の通った人物として描かれている。

『老子』の冒頭には『道徳経』巻頭の一節とともに、ロシア語で『ルカ福音書』からの引用が、さらに続編『老子とその子』ではニーチェの『ツァラトゥストラ』とやはり新約聖書の『コリント人への手紙』からの引用がなされている。これは作者がこの二作の小説を単に古代中国哲学の絵解き物語としてではなく、普遍的な意味での思想小説として江湖に問うてみたいという気持ちを抱いていたことを示している。加えて十九世紀のロシア文学から、プロットの設定や人物どうしの対話をめぐって少なからぬ借用が見受けられる。登場人物たちはみな、何らかの意味で作者の面影を分有している。これは表現を変えるならば、黒石が内面に宿る複数の世界観をそれぞれの人物の声に託し、彼らを討議させることを通して、老子に発する思想をみずから練りあげようとしたのだということもできる。

『老子』は正確な意味では時代小説でもない。古代中国が舞台だというのに人物たちは清朝の辮髪を結っているし、「大学」を中退して社会運動に飛び込んだという来歴の青年が登場して、老子に議論を仕掛けたりする。「革命主義」「無政府主義」といった、一九二〇年代の日本を騒がせていた政治用語も、必要に応じて呼び出されている。曖昧な表現に変えられてはいるものの、同時代の社会と政治への忌憚ない罵倒も顔を覗かせている。「人間の生命は一人につき召集状の配達賃一銭五厘」といった、思わずギョッとする反戦的表現が登場することもあり、よくも検閲を通過できたものだと、読み手であるこちら側が驚かされることもある。国王に直訴をせんとして政府高官に刃を向ける美少女テロリストと、それを見守る老いたる哲人。こうした人物たちの活躍を眺めていると、まるで香港の時代劇アクション映画ではないか。最初に読み終えたとき、わたしはそのような印象を抱いた。

『老子』の舞台は晋の首都、絳である。

この町では、城主の悼王が大きな心配事を抱えている。王は六年前、息子の平公子とともに戦陣に出たが、息子は楚の軍勢に拉致されてしまい、いっこうに戻って来る気配がないのだ。王は毎日夕方になると城の露台に現われ、憂愁に満ちた面持ちで物思いに耽っている。彼は十二人の美しい女奴隷を犠牲にすれば、ひょっとして息子が戻って来るのではないかと期待をしている。かくするうちに、彼女たちを解放せねばならぬ祭礼の日がもうそこまで来ている。

物語は汾水の川縁にある粗末な木賃宿で、百姓のようにみすぼらしい服装の老人と、小綺麗だが神経質そうな顔つきの「風采（なり）の悪い」若者が対話をするところから始まる。二人は偶然のことから、一つ部屋に泊まり合わせている。しばらくしてそこに丸々と太った愛嬌のある顔つきの巨漢が乱入し、対話を混ぜっ返す。宿の主人とその若い女房、主人の娘が現われ、それぞれの人物たちの出自と来歴が少しずつわかってくる。いうまでもなくこの設定は、作者がその前年に翻訳したゴーリキーの『どん底』に由来している。

老人、李耳はこれまで長きにわたり、周の景王のもとに仕えていた。だが王が詐欺師にまんまと騙されていくさまを目撃し、もはや王に天子の資格はなしと知って周を去った。途中、函谷関で関令に教えを説き、謝礼として革袋いっぱいの米をもらった。一度は仲尼という青年の訪問を受けたこともあったが、青年が天下国家を説こうとするさまを浅薄と見て、頭から罵倒して追い返したことがあった。仲尼は後に出世をして、孔夫子と名乗るようになった。彼は行く先々で李耳を「邪説家」だといいふらした。李耳はこの人物の「猟官的態度」を嫌ったが、その「物質的な功利的俗説」が社会の支配的傾向となってゆくのを知ると、いかんともしがたい気持ちになった。そのこともあって彼は木賃宿で知り合った若者を警戒し、最初のうちは本名を名乗らない。

若者は鳳（ほう）という旅芸人で、胡笛を得意としている。魯に生まれたが幼くして孤児となり、旅芸人のもとで育った。虐待を受けながらも芸を仕込まれ、二〇歳も年長の女の囲い者になったり、奴隷として売り飛ばされたりと、悲惨な人生を送っている。その結果、生とは瞬時の快楽の連鎖に他ならないというニヒリズムを信奉するに到り、傍らにいる李耳を嘲笑してやまない。その手は酒のせいで、いつも細かく震えている。

　ここに第三の人物、彭が現れる。彭は絳の旧家に生まれたが、宮廷に仕えていた父親が失脚し、家は没落してしまった。役人として出世する夢が馬鹿らしくなった彭は大学を中退し、労働者の世界に身を投じた。「この町から生まれた最初の社会運働者のつもりで、思い切って屠牛場へ入った」ところ、そこでは毎日、政府への攻撃と革命の演説がなされているので驚き、そのうち革命を待ち望むようになった。彭は酒に酔うと、「牛の頭でも踏み潰せる」と豪語してやまない。彼は城牢の番人と諍いを起こし、十日にわたって入牢した体験をもち、みずからを「革命家」と呼んで憚らない。「正義の名によって、不都合な政府や城主を打ち倒します」と、彭は宣言する。

　李耳は彭の眼に青年独特の熱情を読み取り、ある種の共感を抱く。だが鳳はそんな彭の一言一言に茶々を入れる。この町には「暗殺、暗殺」と百年前から叫んでいる彭のような「先生」はいくらも隠れている。だが「革命家って代物はな、看板をかけて回る広告屋さんの雅号じゃあるめえ?」と悪態をつく。もちろん彭も負けてはいない。鳳に向かって軽蔑的な口調で、「君は、僕等が憎んでいる大官や、大官とぐるになっている富豪どもの門口に立って、哀れっぽい金切り声で胡笛を吹いていりゃいいんだよ」といい放つ。ちなみにこのあたりの言葉は、当時の官憲による検閲によって、伏字が頻出している。

　鳳と彭のいい争いを聞いていた李耳は、ついに思い切って自分の考えを口にする。社会とか国家というものは、ただの群衆、つまり個人の集まりにすぎず不必要かつ廃棄されるべきものだ。重要

は、大道が廃れた後の仁義の問題に囚われ、そこから抜け出せなくなってしまう。柳娥は近代女性としての自我に突然目覚め、女性の自立をめぐって演説を始める。その父親である木賃宿の主人は、娘ソーニャを前にしたドストエフスキーの『罪と罰』の酔漢マルメラードフに似て、卑屈なまでに李耳に懇願し、柳娥の救済を願う。革命家の彭といえば、トルストイの『復活』のニェフリュードフ公爵よろしく、わが身の懺悔を長々と始める。そしてついに翌朝、柳娥は「間違った生活を苦しみつづけるよりも、目覚めた光の中に殉れることが望ましくなりました」と書置きを遺して、木賃宿を出奔してしまう。

ここで歌舞伎も顔負けのどんでん返しが起きる。実は柳娥が恋した美しい奴隷、平安康こそが、六年前に楚軍に拉致され、そのまま行方不明となっていた平公子であった。彼は奴隷市場で競売に掛けられると、図らずもそこにいた高官、牧の手で、国王の奴隷として買い取られた。平公子はそれ以来額に烙印を捺され、城の穴蔵で臼挽きを課せられていたのである。

祭礼の日、柳娥は王に直訴をしようと行列の前に躍り出る。彼女は取り押さえられると、狂女のように叫びながら、短刀を手に牧に襲い掛かり自害する。このあたり、どうも黒石は筆を急ぎ過ぎたようで、途中で重要人物が忽然と消えてしまったり、ご都合主義的に人物同士が出会ったりしていて、なかなか要約が難しいのだが、ともかく李耳と鳳は獄中で柳娥の死を知り、愕然とする。ともあれ最後に王は奴隷である息子と再会を果たす。李耳は王に、長い間民衆を苦しめてきたことへの謝罪を求め、木賃宿の主人は反逆を唱えて、王に斬りつける。李耳は「まだ目の醒めぬ不幸な人」を差し置いて、魏の国の方へ出発する。

『老子』はこうして『どん底』のように始まり、大がかりなアクション映画のように終わる。

十一　老子の肖像2

降りしきる雪のなか、一台の馬車が街道を駆け抜けていく。両脇は白樺並木だ。

馬車の客が軍服姿の馭者に、雪にはまだ時節が早いのではないかと話しかける。馭者はそれに応え、この山国に来ると秋の中頃からいつもこの通りでと、いかにもぶっきらぼうに応える。客は老人で、この町の将軍屋敷から牛車で逃げ出そうとして馭者に見つけられてしまい、屋敷に引き戻されるところである。馭者には老人の気まぐれが理解できない。彼は鼻唄を歌い出す。聞こえてくるものは馬車の後先を走り過ぎる雪橇の音ばかり。

いったいこれはどこの国の物語だろうか。何も知らない読者であれば、ツルゲーネフの小説の一節だと勘違いするかもしれない。馬車、白樺、馭者の鼻唄、将軍……、いかにも十九世紀のロシア小説がお得意とした小道具と背景が揃っている。ところが豈はからんや、実はこの舞台は古代中国、魏の段干(だんかん)なる町なのだ。馬車の老人は李耳、つまり『道徳経』を著した哲学者老子であり、将軍とは彼の一人息子である李宗(りそう)である。黒石の『老子とその子』は、このようにして始まる。

『老子とその子』は『老子』の大評判を受けて、一九二二年(大正十一年)十一月に刊行された。この続編のなかで、老子はすでに夏に晋を出て放浪を続け、秋になって魏の段干にある李宗将軍のもとに身を寄せている。だが将軍の邸宅の居心地が悪いので、こっそりと抜け出そうとし、みごとに失敗してしまった。彼は伝説の不老長生の老人でもなければ、厳粛なる賢者でもない。作者はのっけから老子のことを、「叛逆的な人間平等論者であり、共産主義者であり、虚無主義者であったかもしれない邪説家」と呼んで憚らない。

そもそも李耳は道中で猿回しの兄妹に出会い、その牛車に同乗して段干へ向かったのであった。その途上で彼は、かつて宮仕えをした周の洛陽のことを思い出す。王室の衰微と奸臣たちの跋扈の記憶が蘇ってくる。「国の滅びる前兆は悲惨なものだ」という言葉が、思わず彼の口を突いて出る。こうしたさりげない科白の陰に、黒石が一九一七年のペトログラードでロシア帝国の崩壊に立ち会った体験が透けてみえる。『俺の自叙伝』の作者は、国から国へと放浪を続け、いっこうに安住の地を見つけることのできない老子に、自分の姿を重ね合わせている。

李宗は少年時に父親のもとを去り、出世の機会を探し回った野心家である。彼は諸国を転々とした後、段干の呉陽将軍のもとで士官する機会を得、段干軍の先鋒として趙と戦った。呉陽将軍の戦死を知るとただちに段干に戻り、その支配者となって、みずからも将軍を名乗った。李耳は息子がこうした軍事的権力者となっていたと知らされ、驚くとともに悲しんだ。

「征服とは何か？　勝利とは何か？　それは言うまでもなく、征服者と屈従者との生活を堕落させるものだ。勝利者と敗北者との生活を永遠に続いて止まぬ争闘の坩堝に投げこむ刹那の合図なのだ。李耳老人は、いかなる場合にも、争闘の外にあることを望んだ」とはいうものの、十数年の間に親子は、もはや打ち解けあうことのできない関係になっていた。

「李耳老人が、どんなに貧しく、どんなに卑しい無知な奴隷にでも親しく睦み合うような、いや、どちらかと言えば、自分の生みの子が、肚（はら）の底から軽蔑しながら、恐れ嫌っている飢餓に瀕した人間や、酔いどれや、ややもすれば人を殺したり、物を盗んだり、いつも世間の下積みになって、物狂おしい暗黒の中に藻掻（もが）いている瘋癲や白痴や犯罪狂や貧困者に同情し味方をするような傾向なのに反して、老人の子は、一も二もなくこうした世の中の弱者と不具者と、李宗のいわゆる「低き者」と「平凡なる者」の群を遠ざけ排斥した」

『老子』において李耳が敵としたのは、法律に依拠して人を死罪とする高級官吏であった。続編ではそれがエリート軍人の権力者であり、しかも自分の血を分けた息子に設定されている。李宗は「選ばれたる少数者」と「強者」の味方であり、「低き者」と「平凡なる者」を憎み、「鍛えあげられた青竜刀（せいりゅうとう）のように冷ややか」な心の持ち主である。ではそれに対抗して、李耳が共感を寄せるのはどのような人物なのだろうか。

李宗の屋敷には、彼の死んだ先妻との息子である李注（りちゅう）と、後妻である妯（ゆう）夫人、夫人の連れ子である孋玻（りは）の三人が同居している。李注は幼少時より殺傷を嫌い、幼馴染の孋玻を愛している。二人の仲を知って怒った父親に、無理やりに彼らの仲を引き裂かれたこともあった。だが現在、彼らはみごとに結ばれ、睦まじく暮らしている。李注は神経質な芸術家で、妻を熱愛するあまり、その胸像を製作することに余念がない。また孋玻は純真にして美しく敬虔な心の持ち主である。ちなみに黒石はここで明らかに、李注に自分の来歴を投影している。母の顔を知らず、さまざまな困難を乗り越え、幼馴染の少女と結婚を果たす芸術家の青年。こうした李注の人物造形は、ほとんど黒石と瓜二つではないだろうか。

さて李宗はといえば、野心家である以上に好色な人物である。彼は機会あらば孋玻を誘惑しようと目論み、そのため妯夫人との間に諍いが絶えない。妯夫人は長く病床にあり、憔（やつ）れた顔に毒々しい厚化粧をしている。彼女は嫉妬心から夫を深く憎み、そのため狭い閨房に閉じこもっているのだ。小説の冒頭で李耳が屋敷を出ようと決意したのは、こうした頽廃した人間関係の根源にある自分の息子に、深い恥と軽蔑を感じたからであった。

「家とは何か?」「家庭とは何か?」李耳は自問する。「人間にただ一つの真実な天地があるならば、それはもちろん、いかなる場合にも孤独でなければならぬ。孤独は争闘を根絶する。人間にもっとも虚偽な世界があるならば、それは家庭なのだ」と、彼は考えている。人生におけるさまざまな不用物、たとえば社会や国家といった「怪物」が生まれるのは、元はといえば家庭からなのだ。こうした考えは孔子の説く「修身斉家治国平天下」といった教えの真逆であり、まさに老子の哲理に沿っている。人間の究極の本質をあえて「孤独」と呼び、家庭こそ諸悪の根源であると宣言するあたりは、黒石の面目躍如であろう。

こうして登場人物たちを紹介してみると、いかにもメロドラマに典型的なステレオタイプである。

だがそれを責めたとしても意味のないことだ。黒石の狙いは彼らを鏡として、李耳という人物の人生観と世界観を浮き彫りにすることであり、脇役たちをリアリスティックに描写することではないからである。

物語が本格的に始動するのは、ここに一人の老人、顔中が傷だらけで、乞食のように襤褸を纏った巨漢の老人が出現してからである。

この老人こそは、かつて李宗が仕えた呉陽将軍であった。李宗は戦乱の際に彼を裏切り氷川の欠穴に押し込むと、段干に戻ってその妻である妯夫人を奪った。以来呉陽は十六年を趙の捕虜として過ごし、あげくの果てに奴隷にまで転落してしまった。彼が流謫の末、段干に戻ってきたのは、もっぱら李宗への復讐のためである。呉陽は李宗に詰め寄ると、彼と妯夫人を罵倒してやまない。李宗はそんな彼を狂人と呼んで追放する。李耳は恐怖に脅えた李宗を見て、「殺戮を行う人間ほど殺戮について鋭敏な恐怖を感じるものはない。略奪を行う人間ほど略奪に戦慄を覚えるものはない」と感想を漏らす。

重い病に苦しんでいた妯夫人が死ぬ。実の母の死を孋玻は深く嘆くが、その孋玻を李宗は平然と凌辱してしまう。かつての妻の死を知った呉陽は、自分の実の娘である孋玻を取り戻すため、奮戦する。李注はというと、異常なまでの洞察力で妻の厄難を見抜いてしまう。彼はそれに耐えられず、彼女を殺害すると屋敷を出て行ってしまう。そこにかねてから侵攻の機をうかがっていた趙軍が接近しつつあるという報せが入る。李宗は自殺する。だがその直前、読者は彼が李耳の本当の息子ではないことを知らされ、ここに李耳の絶望の深さが極まることになる。こうして戦国時代最大の殺戮が、趙軍によって段干の地で行われる。この波瀾万丈の小説は、李耳が孫の李注を連れ、ふたたび放浪の旅に出るところで幕を閉じる。

『老子とその子』はこの調子でいけば、さらに舞台を別に変えて第三篇、第四篇までを書き継ぐこともありえたわけで、『水戸黄門漫遊記』のように、シリーズとして展開する可能性もあったかもしれない。読み終わって感じるのは、この小説がロシア文学の名場面のオンパレードで構成されているという印象である。冒頭の雪の白樺並木(まるで日本人が愛唱してきた「ロシア民謡」そっくり!)についてはすでに述べておいたが、他にもいかにもロシアといった情景をいくつか挙げておこう。

李宗は自分が凌辱した孋玻に深い贖罪の念を抱く。だが彼の悔恨の言葉に対し、孋玻は羞恥と怒りをもって拒絶を貫く。李宗はさらに言葉を続け、自分には孋玻を救い出し引き受けねばならぬという、強い意思表示をする。しかし孋玻は彼を無視してその場を去ってしまう。この李宗の懺悔のあり方は、あきらかにトルストイの『復活』に由来している。

李宗ばかりではない。孋玻もまた妯夫人の死に際して、「方神(かみ)よ! 彼女に永遠の安息を与えたまえ」と祈り、「地獄の門より救いたまえ」と言葉を続けるのだ。彼女はまた夜ごとに口にする祈りを唱えようとしなかったため、それを怪しむ李注の手で絞殺されてしまう。李注は瞬間的に狂気の発作に見舞われたかのようであり、殺人の後は妻の胸像を手に屋敷から出奔してしまう。孋玻の信仰はどう見てもキリスト教的であり、そこに古代中国を思わせるものは何一つ見当たらない。だがそれ以上に印象的なのは、過剰なる愛情ゆえに孋玻を殺害してしまう李注の狂気であり、そこには明らかにドストエフスキーの『白痴』の結末部、ラゴージンによるナスターシャ殺害の残響が感じられる。物心ついた頃から「暗い宿命に封じ込められた」孋玻という美女は、いささか小ぶりではあるが、黒石によるナスターシャの写し絵なのだ。

以上で二章にわたって、黒石の『老子』連作について考えてきた。その結果判明したのは、それが老子の哲学をアカデミックに探究した書物というよりも、むしろ伝説上のこの賢人を主人公にした探偵アクション・メロドラマ小説であるという事実である。いや、日本の大衆文学の様式に倣っていえば、それは歴史上の著名人を主人公に見立てた「捕り物帖」のジャンルに属する小説といった方がいいかもしれない。

黒石はどうして老子に向かったのだろうか。「俺は、今でもそうであるが、漢文ときた日には全で解らなかった。俺は外国で教育を受けたから、漢字に打つかる機会がなかったんだ」と告白し、長崎の中学校では同級生と答案を交換してようやく卒業試験に合格することができたという挿話が、出世作『俺の自叙伝』には語られている。これは約めていえば、黒石が露伴や漱石のように、幼少時から四書五経の素読といった、日本の知識階級に伝統的な勉強体験を持たなかったことを意味している。ここで思い出されてくるのがトルストイの存在である。このロシアの文豪こそ、幼い黒石が最初に出会って薫陶を受けた文学者であり、文筆を志して以来、つねにその写真を部屋に飾って敬意を表してきた人物であった。

トルストイの日記にはじめて老子が登場するのは一八八四年、五六歳のときである。おそらく彼はフランス語訳を通してこの古代哲学者の教説に感銘を受けたのであろう、その一部をロシア語に重訳している。その後、日本人留学生の小西増太郎(こにしますたろう)(一八六二—一九四〇)と出会ったことで老子熱は再燃した。二人は協力しあって『道徳経』を共訳すると、一八九三年に刊行した。キエフとモスクワの神学校に学び、ロシア語に堪能であるばかりか、哲学に深い関心をもっていた小西であったからこそ、可能であった共同作業であろう。

トルストイ・小西訳の『老子』は一九一三年にロシアで再刊され、同年には日本でも、さらにその日本語訳が刊行された。推測するに当時長崎の鎮西学院中学に在学中であった黒石は、後者を手に取って老子の存在を知ったのではないだろうか。もうひとつ、その直後にペトログラードに渡ったときにロシア語版を手にした可能性もないわけではない。いずれにしても彼が直接の漢文素読からではなく、トルストイに導かれて老子に魅惑されるようになったことはほぼ確かではないかと、わたしは推測している。

「果てしもない蒼穹の下の広野を行く一列の巡礼者や放浪者の群、森の中の丸太小屋の窓口に立って一夜の宿を乞う人々。その彷(さすら)う人々が誰であるかも知らずに水をくれたり、食い物をくれたりする家人。あるときは街灯の陰に彼等の物語を聞き、あるときは、素晴らしい自然と死の静寂の中に牛を駆る国のないい人々の姿であった。争闘や奸計や詐瞞の世界から逃れ出た、この一隊の放浪者の中にうちまじる彼自身の姿であった。彼等には名誉心もなければ、物欲の念もなかった。すべては有りのままに自然な心を持って、雲のように水のように、どこへでも流れ流れて行くのであった」

『老子とその子』にある一節である。そこで黒石は李耳の心境に託しながら、みずから抱いてきた、もっとも理想的で、もっとも無垢なる人間のあり方を語っている。もちろんそこに『道徳経』が説く、小国寡民の理想郷が影を落としていることはいうまでもない。だがそれ以上にここにはトルストイ、それも晩年に到って深く老子の教説に帰依し、国家も私有財産も否定して、生涯の最後には乞食のように放浪することを夢見たトルストイの影響が色濃く感じられる。巡礼者と乞食の映像は、民話の再話を通して、彼が繰り返し描いてきたところであった。さらに注目すべきは、ここに「国のない人々」という言葉が見受けられることだろう。日露の混血児として生を享けた黒石こそは、まさに帰属すべき国家を最初から持ちえない人間であった。

ロシアに向かうためハルビンに立ち寄ったことを除けば、黒石は生涯に一度しか中国大陸に足を向けることがなかった。幼くして長崎から船に乗り、父親が勤務している漢口のロシア領事館を訪れたときである。『老子』二部作における中国の風景の描写が拙劣であるのは、そのせいであろう。だがそれを補うかのように、この連作は老子の人生観と世界観をアクティヴに読み直し、社会変動のなかに生きる知識人の達観と絶望を描き出している。『老子とその子』にある言葉を用いるならば、そこで彼が究極的に描こうとしたのは、「価値の滅却」、つまり「価値の無視と、万物の平等」

であった。この思想のそもそもの起源となったのが、他ならぬトルストイ、つまり黒石が十一歳かそこらで伯父に連れられ、たまたま行った先で言葉を交わした老人であったことは、われわれに邂逅という事件の重さを改めて考えさせる。

十二　『血と霊』の映画化

一九二三年(大正十二年)五月、今や押しも押されもせぬベストセラー作家となった黒石は、日活向島撮影所に入社する。本人は最初、俳優部を志望したが、結局、脚本部顧問という地位に落ち着いた。宮沢りえが活躍する現在と違い、当時の映画会社には混血の俳優を起用するという発想がなかったのである。

日活とは正式名称を「日本活動写真株式会社」といい、ハリウッドにおけるフォックスやワーナーの前身たる映画会社とほぼ時を同じくして一九一二年に発足した、日本で最初の本格的な映画製作会社である。東京では向島に、京都では二条城西櫓下に撮影所を設け、前者では現代ものの新派を、後者では旧劇(時代劇)を製作した。隅田川に面した向島撮影所では一二〇坪のガラスステージが設けられ、夜間撮影ともなれば人工照明がキラキラと輝いて見えるので、「水晶宮」と渾名されていた。

一九二〇年代に入ると、折からの女優台頭もあって、日活は女形映画からの転換を画策することになった。一九二二年には思いきった人員整理がなされ、翌二三年二月に根岸耕一が新所長として乗り込むと、撮影所の本格的改革が開始されていった。根岸は松竹から数十名の女優を、また新劇から岡田嘉子を引き抜いたばかりではない。当時の前衛芸術運動に積極的に人材を求めた。黒石の日活入社は、前衛画家の柳瀬正夢や新進映画研究家の内田岐三雄のそれと同時である。彼らは日活の機関誌『向島』に、まず編集者として迎えられた。

五月二七日の『都新聞』には、ただちに「活映界へ大泉黒石君が飛込む」という題のもとに探訪記事が掲載されている。黒石はそこで「俺は来月向島の撮影所で映画の自作自演をやる」と、期待に満ちた調子で答えている。彼は一気呵成に「血と霊」という一二〇枚ほどの短編を書き上げると、それを原作に映画の製作を提案した。監督としては、前年にデビューした溝口健二（一八九八―一九五六）が担当することになった。溝口は後にヴェネツィア国際映画祭で三年連続受賞という記録を樹立し、日本を代表する映画監督の一人となったが、当時は新派と西洋メロドラマの脚色との間で、主題的に迷っている新人監督であった。彼は新進作家黒石と出会うことで、実験的な映画作りへの野心を駆り立てられた。

『血と霊』の撮影は六月に行われ、七月中旬には編集が終わった。四巻ものであるから、通常よりはいくぶん短めのフィルムである。『活動雑誌』一九二三年九月号に、映画版シノプシスが発表された。もっとも日活側は完成作があまりに実験的であると判断し、ただちに上映することに躊躇を示した。だが九月一日になって、関東大震災という思いもよらぬ偶発事が生じた。関東一円の上映館の多くは機能停止となり、日活は撮影所そのものが壊滅してしまった。『血と霊』は十一月九日に、いまだ混乱冷めやらぬ東京の劇場で一応の上映がなされたが、日活はすでにその時点で東京を見捨て、撮影所を京都へ移転する途上にあった。黒石と溝口による合作はこうしてほとんど正当に評価されることなく、忘却の縁に沈むことになった。残念なことではあるが、脚本は消滅。フィルムはネガもポジもその後失われてしまい、われわれは残された若干のスチール写真を通してしか、内容を想像することができない。

『血と霊』の主人公は、長崎に住む美貌の女性画家、杉貞子である。あるとき帰宅した彼女は、留守中に謎の男が家に侵入し、紅の小匣(こばこ)を置いていったことを乳母から知らされる。小匣には紅いダイヤを嵌め込んだプラチナのイヤリングが入っていた。合点のいかない貞子は翌日、宝石細工師が軒を連ねる籠町を訪れる。すると鳳雲泰(ほううんたい)という南京出身の宝石商が、不思議な話を始める。これは確かに自分が弟子の秀夫とともに象嵌し、秘蔵していたイヤリングだが、いつの間にか盗み出されていたことに前日に気付いたという。鳳は貞子の積年の崇拝者であって、実は亡き妻の忘れ形見である娘、娃絲(けいし)の肖像画を貞子に描いてもらいたいという願いを抱いている。そんなわけで、もとよりこの宝石はあなたに献上する目的で細工したものだから、ぜひ受け取っていただきたいと、彼は告白する。

長崎の町では目下、連続殺人が勃発している。貞子が帰宅すると、乳母が謎の男から電話があったと伝える。貞子がイヤリングを鳳のもとに戻さないと、悲しい運命に出会うという警告の電話である。気懸りな乳母が貞子の代わりに鳳の店に赴くと、大変な人だかりがしている。どうやら鳳が雇い職人の手で殺害されたらしい。容疑者として秀夫と娃絲が連行された。群衆は口々に、秀夫を死刑にせよと叫んでいる。乳母は秀夫こそ先日家に侵入した謎の男だと気づいて、貞子に告げる。

映画『血と霊』(1923)より，彷徨する秀夫(上)．苦悶する鳳雲泰(下)．

新聞報道に疑問を抱いた貞子は、ここはひとつ名探偵ぶりを発揮しようと決意する。彼女は裁判所に特別に頼み込み、拘留中の秀夫との面談に成功する。ここで秀夫の驚くべき来歴が明らかになる。

実は秀夫は、浦上山里の集落に住む農夫の娘が、行商人との間に産み落とした子供であった。娘はカトリックの信仰に篤く、不義の赤ん坊を街角に捨て、それを拾って育てたのが「支那人の居留民地」に住む鳳雲泰であった。妻を亡くした鳳は、一人娘娃絲と秀夫を分け隔てなく育て、秀夫は鳳の宝石細工の弟子として腕を磨いた。だが秀夫が娃絲と相思相愛の間柄となったとき、鳳の態度は豹変した。彼は弟子を放逐し、二度と顧みなかった。秀夫は夕暮れ時になると、鳳の宝石工房の二階の丸窓に浮かび上がる「支那服」の娃絲のシルエットを眺めながら、心を慰めることしかできなかった。

　ある晩、挙動不審な男の跡をつけて行った秀夫は、彼が人気のない阿蘭陀坂で一人の西洋婦人を襲い、宝石細工師が仕事に用いる骨刀(スカルパア)で心臓を一突きするところを目撃してしまう。取り押さえてみると、それは鳳であった。短編小説の構成としてはいささか乱暴ではあるが、ここで鳳の長々しい告白が開始される。

　鳳雲泰は謹厳実直な法議官と慈悲深い母親の間に生まれた。母親は病的なまでに宝石を愛好し、それが原因で窃盗まで犯したため、父親は怒って彼女を殺害してしまった。遺された子供は父の死後、南京から長崎へと移った。母親の遺した宝石を元手に宝石商の店を開いたのである。この子供すなわち鳳は、母親の没年四三に達したとき、自分のなかに母親に似て怖ろしい狂気の血が流れていることに気付いた。赤いダイヤや紅玉(ルビイ)を手にすると、見境がつかなくなってしまうのだ。

　鳳の悲痛な告白を聞かされた秀夫は師を赦し、もう一度その工房に戻ることになる。だが彼は、鳳が貞子にイヤリングを捧げようとしているのを知る。新たなる殺人が起きることを憂慮した彼は、事件が起きる前にイヤリングを盗み出し、貞子に与えてしまおうと決意する。ここで読者はようやく、小説の冒頭に起きた怪事件の動機を了解することになる。

　さて狂気に陥った鳳は貞子を殺害せんものとして、夜道を独りゆく彼女の跡を追う。秀夫がその鳳の跡を追う。ところがそこに鳳の顧客である大男が現われる。大男の金時計に埋め込まれた宝石に目が眩んだ鳳は、貞子ならぬ大男にむかって骨刀を振りかざし、逆に一命を失ってしまう。秀夫が駆け付けたとき、すでに鳳はこと切れていた。すでに夜は明けようとしている。秀夫は警察に通報され、連行されてしまった。

秀夫がここまでを話し終わったとき、すべての謎が解ける。実は貞子の乳母こそは、秀夫の実の母親だったのだ。こうして事件は解決する。エピローグで語り手は「霊の生活は血の中にあり」というストリンドベルィの著作にあった旧約聖書の言葉を引用し、「人の血液の中には、恐らく誰にも解らない神秘なものが潜んでゐる」と語る。

「血と霊」の冒頭に掲げた序文のなかで、黒石は本作がE・T・A・ホフマンの『マドモワゼル・ド・スキュデリー』に示唆されたものであると断っている。十七世紀パリの社交界の花形であったスキュデリー嬢が、齢七〇を越してある奇怪な殺人事件に遭遇し、才知を利かせて容疑者の青年の冤罪を解いてみせるという筋立ての短編である。

小匣のなかの美しい装身具。宝石細工師の謎の死。彼の宝石愛好の原因となった母親の恐怖。青年の出自の判明とハッピーエンド。『マドモワゼル・ド・スキュデリー』をこのように要約してみると、黒石がプロットの細部において、ホフマンに負うているところがいかに大きいかが判明する。ホフマンの短編はすでに森鷗外が弟の篤次郎と語らってなした邦訳が、一八八九年に『読売新聞』に連載されていた。もっとも西洋の語学に長けていた黒石のことである。当然、原語(ドイツ語)か仏訳で読んだものと推測される。

もっとも二点において、「血と霊」はホフマンの探偵小説とは異なっている。ひとつは舞台として黒石が幼少期を過ごした長崎が選ばれていることである。江戸時代の鎖国政策にもかかわらず、例外的にオランダ人と清国人の居留が許されていたこの都市のコスモポリタンな雰囲気、歴史的に形成されてきたエスニシティの多元性が、街角の描写ひとつをとっても、そこに描き込まれている。第二点はそれにも関わるが、登場人物の異人性に大きな強調がなされていることだ。

ホフマンにあっては、宝石細工師が母親から受け継いだ倒錯的な宝石愛は、反社会的で道徳に背くものではあったが、一代かぎりの継承を越えるものではなかった。黒石はそれを、血と民族に由来する宿命として描いている。南京出身の鳳雲泰は、「俺の血管には、あの母を苦しめた恐ろしい病血が流れてゐたのだ！」と叫び、生国を棄てて長崎へ逃亡するが、この異郷の地に到着した瞬間から、逃亡など不可能であったことを思い知らされる。「彼は殺戮し、殺戮し、また殺戮する、彼にとつては真昼も暗夜なのです！　血のために狂奔し、とゞまる涯をさへ知らないのです！」語り手はこうして繰り返し血に言及する。それは宝石の紅色の反映と重なりあい、強烈な色彩効果を作品にもたらすとともに、抽象的な観念として反復されることで、凶悪にして脅威的な殺人者として鳳雲泰が携えている、本質的な他者性を証立てている。血がもし民族なり人種の隠喩であるとすれば、鳳雲泰が母親より受け継ぎ、一人娘である娃絲にも担わせようとする異人性への拘泥は、何を意味しているのだろうか。いうまでもなくそれは、いかなる土地に足を向けようとも現地の共同体から即座に排除されてしまうといった、作者の不幸な自己意識を示している。黒石は『マドモワゼル・ド・スキュデリー』を翻案するにあたって、怪奇とグロテスクな味付けを加えたばかりではなかった。異人性という観念への拘泥を通して、それを自伝的物語として書き直すことを選んだというべきであろう。

この黒石の幻想趣味溢れる短編を、若き溝口健二はどのように映画化したのだろうか。わたしはかつて映画史家として、日本映画におけるドイツ表現主義の影響を辿るという立場から『署名はカリガリ』(新潮社、二〇一六)を著し、そのなかで映画版『血と霊』について細かく分析を行なったことがあった。詳細はこの書物にすでに記したので、ここでは簡単に結論だけを記しておきたい。映画化は志こそ高かったが、失敗作に終わった。

映画『血と霊』は、日本で最初の「本格的表現主義映画」という前評判のもとに公開された。当時の日活では、若い撮影監督や美術監督、大道具などのスタッフの間に、ロベルト・ウィーネの『カリガリ博士』(一九一九年制作、一九二一年日本公開)の衝撃が圧倒的であって、なんとかそれに拮抗するフィルムを手掛けたいという強い意欲が存在していた。残されたスチール写真から判断するかぎり、背景にはいかにも不安と憂愁に歪んだ建築がセットとして設けられ、登場人物が奇怪な衣装を着用していることがわかる。だが俳優たちはというと、川上音二郎一座にいた水島亮太郎が鳳雲泰を、新派の三桝豊が秀夫を、新劇でチェーホフからイプセンを演じていた酒井米子(後にヴァンプ女優として有名）が娃絲を演じるといった具合で、演技に調和と統一性がなく、残念ながら黒石の主張する血の宿命と残酷を体現するにはとても至らなかった。黒石の意図していた『血と霊』を映画として実現させるには、日本映画はまだ充分に成熟していなかったのである。加えて不運なことに、関東大震災直後の混乱のなかでの上映である。観客の側にしても、とうてい落ち着いた気持ちで観る気分にはなれなかったことは、容易に想像できる。

黒石は『血と霊』の挫折の後、ほどなくして日活を去った。彼は生涯、この作品の映画化について言及することはなかった。一九二六年に『中央公論』に「人間廃業」を連載し、活動弁士あがりの撮影監督の口を借りて映画製作所の内情を面白おかしく語ってみせたときにも、自分が三年前にあれほどまでに情熱をこめて関わったフィルムのことには沈黙した。映画という未知のジャンルに強い期待を抱いていたがゆえに、それだけ失望も大きかったのである。

溝口健二はというと、付け焼刃の西洋前衛主義などケロリと忘れ、日本における西洋演劇、すなわち新劇の映画化に向かった。彼が新派メロドラマとリアリズムを捻転させ、独自の情念の世界を築きあげるのは、それからしばらく後のことである。『キネマ旬報』一九五四年新年特別号の「溝口健二・自作を語る」には、すでに国際的巨匠となった監督による黒石の思い出が短く語られている。溝口は黒石を「大学でドイツ文学を教えていた」人物で、「その教材にあったもの」を翻案したのだと認識していた。もちろんこれは誤認であるのだが、溝口が本来的に作家としての黒石をその程度にしか認識していなかったといえる。

当初は俳優を志望していた黒石の夢は、皮肉なことに三男の滉(あきら)によって実現されることになった。幼くして父親の手で築地小劇場に連れていかれた滉は、十四歳で『風の又三郎』の舞台に主役として立ち、天才子役と謳われた。戦後は文学座で活躍し、映画『自由学校』(一九五一)でアプレゲールのシスターボーイを演じ、それ以来、個性的な俳優として人気を得た。溝口はこの四分の一ロシア人の血の混じった俳優を『西鶴一代女』(一九五二)に起用し、主人公の田中絹代と駆け落ちをする眉目秀麗な青年を演じさせた。溝口が若き大泉滉を前に黒石の話をしたかは、現在では確かめる術がない。

十三　差別と告白、そして虚無

第五章で簡単に記しておいたことであったが、黒石は『中央公論』に『俺の自叙伝』を連載するにあたって、第三篇を「俺の穢多時代」と名付けた。後になって彼は自分の軽挙に気付き、それを「労働者時代」と訂正した。とはいうものの黒石の著作を読むと、彼が機会あるたびに被差別民の側に立ち、彼らに接近するばかりか、彼らに同一化しようとする意思を抱いていたことが判明する。

黒石は浅草で屠畜業に携わっていたころ、同業者からしばしば怪訝な目のもとに眺められた。外見容貌が西洋人であり、とうてい日本人に見えなかったからである。「その時分知らない奴が、俺の素性をよく聞きたがるから、西洋の牛殺しだと公言して、彼等を歓ばせていた」。また彼は皮鞣しの作業に熟達してゆくうちに、「知らず識らず牛殺しに近づいて来たせいかもしれないが、士族や平民より牛殺しのほうがよっぽど親切で開けている。縁も由緒もない俺をいろいろ敝(かば)ってくれる兄弟分のような気がして、心(しん)から嬉しかった」。

「西洋の牛殺し」という一語には、文化人類学でいうところの「冗談関係」joke relationship が背後に横たわっている。きわめて親しい間柄の者どうしが互いを揶揄(からか)ったり、自己を卑下する身振りをみせることで、信頼感を確認する行為のことである。

どうして黒石には、被差別部落民とそのような信頼関係を結ぶことが可能だったのだろうか。この問いには簡潔に答えておきたい。それは彼自身が日本人とロシア人の間に混血児として生を享け、日本社会にあってつねに差別と偏見の眼差しに晒されていたからである。黒石があえて差別的な言辞を口にし、それを茶化してみせたとすれば、それは彼が幼少時より苛酷な差別を受け、否応なく差別の本質に直面させられてきたからに他ならない。

では差別の本質とは何か。一九二四年(大正十三年)に刊行された長編小説『預言』は、まさにこの問題を主題としている。

黒石が『預言』を世に問うにあたっては、いくぶん込み入った事情があった。関東大震災の直後、彼は瓦礫と化した雑司ヶ谷に疲れ、郊外の下長崎に転居。気分を一新して執筆を開始したまではよかったが、刊行にあたっては大震災後の出版業界の混乱が災(わざわ)いした。

一九二四年四月、以前に『老子』で大評判を得た新光社がこれに飛びつき、大急ぎでそれを出版した。ところが困ったことに、出版社は作者の主張する『預言』という題名を無断で『大宇宙の黙示』という表題に変更して刊行したのだった。この鬼面人を驚かす題名は、あわよくば『老子』の二番煎じを狙ってのことである。杜撰なのは題名だけではなかった。書物には目次も章立てもなく、校正が不充分であったのか恐ろしく誤植が目立った。黒石は「自序」のなかで「文壇に対する私の心には、今や、軽蔑と冷笑のほかには何もない」と大見得を切ったものの、文壇からの反響はなく、大震災後の騒然とした雰囲気のなかで、『大宇宙の黙示』は何の話題にもならず埋没してしまった。怒りと落胆に苛まれた黒石は新光社と訣別。『老子』の版元を春秋社に替え、長編の表題をその本来の『預言』に戻すと、一九二六年に雄文堂から刊行した。ちなみに現行の緑書房版全集に収録されているのは、読みやすさを意図して各章ごとに新しく章名を付加したものである。

『預言』は麟太郎という二三歳の青年の、息せき切った独白から始まる。彼は現在牢獄にあって、十七時間後に死刑を執行される立場に立たされている。そこで「あやまって古井戸の中へ落ち込む人が、底へ届くまでの刹那に生涯のことを一時に思い出すように」、「次から次へと恐ろしい速さで頭の中に蘇って」くる人生を、「私」という一人称のもとに語り始める。

六歳の「私」は浅草公園の裏にある木賃宿の一間で、母と呼ぶ病気の女性と寝起きをし、張子の虎の人形の制作を手伝っている。不心得の人形師がそれを縁日で売りさばこうとして、幼い「私」に香具師の真似ごとをさせる。このときペテンが発覚して、「私」はとある紳士の怒りを買ってしまう。不正を憎む紳士は「私」を木賃宿に連れ戻す。だがここで彼は病気の女性が、お米と呼ばれる旧知の女性であったことを発見する。お米はかつて紳士青之助の兄の妻であり、「私」を連れて七年の間失踪していたのだった。彼女は「私」に向かって、自分は実の母ではないのだから、父親のもとに戻るようにと語る。

「私」の境遇は一転する。叔父青之助は「私」をタクシーに乗せ、目白の高台にある兄、つまり「私」の父親の家へと連れていく。父親は立派な髭をした大学教授で天文学者である。それ以来「私」は父親の慈愛に守られ、鬼子母神のわきにある小学校に通うことになる。気になって一度だけ浅草の木賃宿に戻ってみるが、もはや母だった女性はいない。

小学校には大勢の子供がいるが、「私」はその誰とも友だちになることができない。三年生のとき、京都から利発な眼と可愛い口をした、美しい少女、千代子が転校してくる。贅沢な服装からして、いかにも富裕な家の子供である。いつも独りでいる千代子を見て、「私」は恋心を抱く。江戸川の巨大な水門のあたり、美しい薔薇の咲く石垣の邸宅を、裏からこっそりと訪れ、彼女と恋を語り合う。不思議なことに千代子は家族のことも故郷のこともいっさい口にしない。

「私」がそれでも訊ねようとすると、さっと家へ逃げ込んでしまう。おまけに恐ろしい形相の千代子の母親がことあるごとに目を光らせているので、「私」は気が気ではない。とはいえ禁じられた交際は「私」が二〇歳になるまで続き、いつしか「私」は千代子に向かって、キリスト教やギリシャ哲学、『アンナ・カレーニナ』や『父と子』といったロシア文学の話をするまでになっている。

父親は天文学のことしか頭にない学者である。彼は近い将来、未知の暗黒星が地球に衝突するという予言を発表し人心を惑乱させたため、狂人学者として大学を追放になってしまう。叔父の青之助は小説家を自称しているが、定まった住所ももたず、ときおり「私」の父親に金の無心に来るばかりの酔っ払いである。彼は実は秘密裡に父親の家を抵当に入れ、借金を重ねている。「私」は牧羊神のように川縁で葦笛を吹くのが好きな少年で、音楽家になるため音楽学校に進学したいと考えている。そんなある日、千代子の母親が死に、彼女は莫大な財産を相続する。邪魔者がいなくなった「私」と千代子は、秘かに結婚を誓いあう。

ここで大きな事件が持ち上がる。青之助が書いた小説『めぐりあい』が大評判となり、一躍時の人となった彼の前には、原稿依頼者をはじめ大勢の訪問客が訪れる。だが「私」が千代子から雑誌を借り受け一読してみると、そこには恐ろしい物語が書かれていた。

『めぐりあい』の主人公は米子という田舎娘である。米子はオペラ歌手に憧れ上京するが、経済的に困窮して勉学に挫折する。彫刻のモデルの仕事を始めたものの、あっという間に彫刻家に妊娠させられ、おまけに捨てられてしまう。中学の同級生の伝手を頼ってその兄の天文学者の卵に会い、身の振り方を相談する。天文学者は彼女の零落ぶりに同情し、二人は結婚して江戸川沿いに家を見つけて住むことになる。だが米子は身重の身の上を告白できない。彼女は夫に黙って家を出て富裕な老人の妾となり、一心に一人息子を育てる。そこに老人の本妻が乗り込んできて彼女を罵倒する。人生に疲れた米子は羞恥も分別も忘れ、場末の町を転々とし、男を騙し男に騙される日々を過ごす。彼女が浅草公園の裏の木賃宿に流れ着き、幼い息子といっしょに張子の虎の人形を作っていたとき、かつての中学校の同級生が偶然に彼女を発見する。同級生は今では大学を出て、文壇の寵児となっている。彼は米子の息子を引き取り、彼女のかつての夫であった天文学者のもとで育てようと決意する。

小説を読み終えた「私」はかつての女性がやはり自分の真実の母親であったと知り、かつ彼女が売春婦であったという記述に衝撃を受ける。父親もまた深い落胆に襲われる。これまで「私」に向って寛容で慈愛に満ちた父親として振る舞ってきたことが、すべてご破算になってしまったからだ。そこへ青之助が到来する。「私」は怒り心頭に発し、青之助を非難する。だが流行小説家は笑って誤魔化すばかりで、彼を相手にしようとしない。ベーコンは賄賂を取り、トルストイは博打を打った。シェイクスピアは泥棒をし、バイロンは姦通をした。文学者はもとより世の天才は数多くの悪徳をなしたが、創造が天職である者にはすべてが許されているのだと大言壮語して憚らない。このとき父親が米子のその後を語る。彼女は「私」を奪われたまさにその晩、縊死して果てたのだった。「私」は大慌てで千代子を邸宅に訪れる。だが彼女は小説を読んだものの、突飛すぎて信じるに値しないと語る。彼女に真実を告白しようと覚悟してきた「私」は、その機会を失ってしまう。自宅に戻ってみると、父親が放心した表情で血の付いた自分の衣服を火にくべている。彼は青之助を殺害してしまったのだ。とはいえ父親が逮捕されるわけにはいかない。「私」は彼の暗黒星の研究が完成するまで身代わりとなろうと決意し、自首して出る。巣鴨刑務所に収監された「私」は死刑の判決を受ける。ここで小説は冒頭に回帰する。

ところがこのとき大地震が起き、「私」は図らずも脱獄できることになる。まさに世界が終末を迎えるかのごとき惨状を目の当たりにしながら、「私」は千代子の邸宅に辿り着き匿われる。だがもはや父親の研究に期待することはできない。彼は暗黒星の接近による人類の滅亡を憂うあまり、発狂してしまったのだ。もはや息子を識別さえできなくなった父親を前に、「私」はついに出自の告白をし、母の素性を明かす。千代子は「私」に向かい、自分の素性を隠していた苦しみは理解できるし、「私」を非難する権利は自分にはないと応える。「私」の告白は、「妾（わたし）にとって懺悔を促す鐘のように響きわたりました」。ここで真実を語り終えた「私」に向かって、千代子の口からさらに重大な真実が明るみに出される。

千代子の母は「白川に近い、田中という一廓の中にある古い家柄の、資産家の娘」であったが、その一廓は「昔から、理由のない一般社会の迫害を受けて来た、古い悲惨な歴史」を持っていた。外部の世界と通婚どころか交際もせず、「或る不当な、絶えざる侮蔑を一生忍」ばなければならず、「それに反抗しないで頭を下げ回り、踏みつけられて」いた。

「これは母の邪推に過ぎないのだ、自分の影に怯えて、逃げ回るようなものだ、実際に自分を卑めるものなんかありやしない、と気を取り直してはみますけれども、そんな言葉が胸につかえて、自分というものが、いよいよ卑しく醜いもの、嘲うべきもののように思われ、なお一層、孤独でみじめに思われるのでした」

千代子の母親はこのような気持ちを抱きながら少女時代を過ごす。たまたまそこに縁談話が舞い込み、彼女は京都の大学を出た前途有望な役人と結婚する。だがさる同盟国の王族を歓迎する夜会の席上で夫から耐えられぬ侮辱を受け、尋常小学校三年生の千代子を連れて東京へ出てくる。こうして千代子は「私」と出会ったのであった。もしもこの秘密が「私」に知られたら、きっと自分は母親と同様、捨てられるに違いない。千代子はそれを怖れて、これまで出自の秘密を黙っていたのである。最後に彼女は「消え入るような悲痛な声で「穢多です！　特殊部落の人間です！」と、そう言いながら、震える手の指を、一つだけ折って見せた」。

「私」には千代子の悲痛な告白が、ただちには理解できない。だが「自分が売春婦の隠し子であるということを、彼女に嗅ぎつけられては、すばらしい将来の幸福の破綻であると思い怖れ、ひた隠しに隠していたように、それと知らないこの女は女で、彼女の素性が、私の前に暴露された暁には、多分、彼女の母のように、私に棄てられるかも知れないということを、何よりも忌み怖れていたのだ！」

『預言』は一見荒唐無稽な物語に見えるが、細かく読んでみるならば、実はそれが形こそ違え、きわめて自伝的な性格を帯びていることがわかる。「私」の運命の変転に、母を知らぬ孤児として育ち、見知らぬ伯父の手で異国へと連れさられた少年黒石の影を読むことはやさしい。「私」と千代子の幼い恋が、成人するにあたって結婚の困難を招くという経緯は、黒石と妻の美代の結婚に際し、美代側の親族から強い反対と妨害があったという事実が響いている。「私」がしばしばレーミゾフやアンドレーエフといった世紀末ロシアの作家たちに言及し、千代子に向かってもトルストイやツルゲーネフの文学の話をするが、それらはすべて黒石本人が愛読するところであっただろう。だがこの点においてもっとも重要なのは、黒石が幼少時より被差別の存在であり、作家として書き出した当初から、内面の告白という問題に深く拘泥していたことである。

差別が許しがたいのは、目に見える形で排除や迫害が行われるからだけではない。真に深刻なのは、差別される側に立たされた存在が、それを内面の問題として苦悶するときに生じる。被差別者は出自を隠蔽し、また自分が差別されているという状況をも否認する。ここに不幸な内面化がなされることになる。みずからの起源について秘密を持つことを強要された子供は、隠蔽を宿命として生きなければならない。子供の内面が差別によって傷ついたという表現は、実は正確ではない。被差別という事実が子供に内面を準備したというべきなのだ。そしてこの内面の成立が、人をして真実の告白へと誘い、当人を寄る辺なき躊躇へと向かわせることになる。島崎藤村の『破戒』から中上健次の『枯木灘』まで、日本の近現代の小説が部落差別を媒介として発展を遂げたのは、差別こそが文学としての内面を構築していたからである。黒石の『預言』はまさにこの系譜にあって、一九二二年に水平社宣言がなされて二年後に世に問われた。北川鉄夫はこれを高く評価し、「文学作品の中で、部落解放についてここまで描きえたのは、この時期には、部落出身の西光万吉を除いて、大泉黒石の他にはいなかった」（緑書房版『大泉黒石全集』第四巻解説、一九八八）と記している。

全国水平社が被差別部落民の人権と平等のため、現実社会における団結と闘争を説いたとするならば、黒石は個人の隠された内面における差別からの解放の契機を文学に求めたと要約することができる。第三高等学校の学生であった大泉清にとって、千代子の出自とされる田中部落はまさに目と鼻の先にあった。この混血少年は、日本にあって自分以外にも理不尽な差別の犠牲となっている人々の存在を、おそらくこの部落の存在を通して認識したのであろう。

だが『預言』の黒石は、内面による真実の告白を越えて、さらに遠いところへ向かおうとしている。人間のいかなる内面も、いかなる真実も越え、それらがすべて宇宙の塵として嘲笑的に否定されたところで実現する壮大な虚無思想が、この小説の結論部においては語られている。精神が半ば錯乱した「私」の耳は、空の彼方から落ちかかる月が発する、究極の言葉を聞くのである。

「真理の前に燃え上がったというお前の犠牲は自体どこへ行ったのか？ 恩讐の心にともされた灯は何を照らし、何を明らかにし得たのか？ 真理と正義の擁護者と自ら名乗る哀れな小さい宇宙の塵よ！ お前が愛し恐れた一人の女の前に、成し尽くされた煩悶と努力とは果たして面白い芝居であったか？」

月は「私」の理想主義を嘲笑し、宇宙全体を支配するニヒリズムの原理について、さらに語り続ける。

「お前のような一種の荒武者が――ドン・キホーテの遠孫が――ラスコルニコフの追従者が――チチコフの生まれ変わりが――何かを索め何かを敬い、幸福に向かおうとするとき、お前は人間の生活というものには定まれる壮厳の目的と理想とがあるというふうに考えるだろうが、その驚くべき自己欺瞞に誰が滑稽を禁ずることが出来よう！ お前等は、いずれも可哀想な屑だよ。宇宙の塵だよ！ 何のことはないのだ。いいか？ わかったか？ あの太陽も星雲も、この偉大な宇宙が、指の先で動かす眼に見えない運命と摂理の法則に操られている塵のひと粒なんだ」

月の言葉に響いているのは、明らかにドストエフスキーの主人公たちが口にする、延々とした独白の哲学である。セルバンテスからゴーゴリまで、黒石は自分の文学的体験の全重量を賭けてこの一節を書きつけている。だが同時に忘れてはならないのは、「天地は仁ならず。万物を以て芻狗と為す」(『老子』第五章)と説く老子の教説である。宇宙にとって存在する万物は、たかだか祭礼のときに火にくべられる藁の犬の人形にすぎない。あらゆる人間の営みは虚しいものであり、宇宙の原理は人間の卑小な意志や感情を越えて存在している。

宇宙の偉大なる無関心という観念にまで到達したとき、『預言』という小説は被差別文学という範疇を平然と飛び越え、ロシア文学のパスティシュであることもやめてしまう。それは宇宙が強いて来る運命に向かい対決を辞さない、人間の実存をめぐる思索へと展開していく。由良君美は全集版の巻末に附した解題のなかで、黒石が初版の反響を見て続篇を執筆する予定でいたのではないかと記しているが、もしそれが可能であったとすれば、続『預言』こそは、戦後文学における埴谷雄高の『死霊』にも通じる、宇宙の虚無を認識する文学的試みとなりえたかもしれない。黒石と埴谷とは、ドストエフスキーを含むロシア文学に深く親しみ、小説内に『道徳経』からの引用を行なっている点で、少なからぬものを共有していた。

十四 幻想都市、長崎

大泉黒石は生涯におよそ五〇篇あまりの短編小説を執筆した。短編集としては『恋を賭くる女』（南北社、一九二〇）、『血と霊』（春秋社、一九二三）、『黄夫人の手』（同、一九二四）、『黒石怪奇物語集』（新作社、一九二五）、『眼を捜して歩く男』（騒人社書局、一九二七）、『趣味綺譚 燈を消すな』（大阪屋号書店、一九二九）の六冊があり、緑書房版全集には三巻二八篇が収録されている。だが残念なことに、単行本未収録作品を含め、ほぼ半数が未収録である。黒石文学の全貌が明らかになるためには、正確な書誌作成と全集のさらなる編纂が必要とされるだろう。

主たる短編は、一九一九年（大正八年）から二五年にかけて執筆された。初期にはロシアでの実体験に基づくものや、いかにもロシア文学の影響を受けたもの、さらにロシア民話の再話が目立っている。そこに故郷長崎を舞台とした「南蛮」もの、「支那」ものが加わり、しだいに異国情緒溢れる怪奇グロテスクの世界が、独自の形で展開していく。註文に応じて書き飛ばした笑話（コント）もないわけではないが、エスニックな差別や性同一性障害を扱った作品もあり、主題の先駆性については、今日的観点から評価されなければならない。

一九二七年暮れ，黒石はぷつりと短編の筆を折ってしまい，それ以後峡谷と温泉の紀行文へ向かってしまう。滝田樗陰の突然の死によって『中央公論』という絶好の執筆場所を失ってしまったからだが，これは結果的に戦前の日本文学にとって大きな損失となった。

黒石の短編を構成している主たる主題系列とは，逃走と分身である。

主人公を特徴づけているのは，まず失踪，逃走，放浪といった空間の移動である。「犬儒哲学者」の若い杜氏(とうじ)は，自分を裏切った女を斬殺し，女の夫に深く恨まれる。彼は伏見から池田へ，池田から灘へと，酒造家を転々とするが，そのたびに宿敵の男が出現し，彼は恐怖に慄(おのの)く。「侠盗」の清吉は，長らく丁稚奉公していた鼈甲問屋の大店に忍び込み，盗みを働く。彼はその足で逃亡し，博徒として歳月を過ごした後，乞食の身に落ちぶれた実の母親に，そうと知らず施しを与える。「眼を捜して歩く男」の青年画家は，死せる妻の肖像画を描こうとして眼だけをどうしても描くことができない。いたずらに放浪を重ね，最後にほとんど乞食同然の姿で寺院を訪れ，一室に閉じ籠る。彼は全身全霊を捧げて問題の眼を描き切り，餓死同然の死を遂げる。

放浪譚のなかでももっとも緊張感に溢れ，優れた完成度を示しているのは，「青白き屍」である。ロシアを舞台としたこの短編では，ロザノフと呼ばれる青年が無人家の屋根裏に身を隠す。彼は父を絞殺し母を誘惑した卑劣漢を殺害したという罪で，苛酷な獄中生活を送っていたのだが，運よく脱獄に成功したのである。だが屋根裏には瀕死の老婆がいて，彼を僧侶と間違えてしまう。老婆は涙ながらに祈り、自分の死後も彼に祝福があるように願いつつ、その胸に十字を切ってみせる。ロザノフは老婆を置いてふたたび逃亡を続け、塩坑に迷い込む。それから十年後、別の脱獄囚が同じ塩坑に身を隠す。獄卒たちはそれを追って暗い洞窟を彷徨い、石像のごとき巨大な塩柱を発見する。それは「腰から下は、石筍(いしたけのこ)のように、塩床とどろどろに溶け合って固まって」いるが、「十年前の苦悶と美しい若々しさのままを見せて」いるロザノフであった。

塩の柱と化すという物語が、旧約聖書にあるロトの妻の挿話に拠ることは、あえて説明することもあるまい。ここでは人間の罪と罰、肉体の変容と魂の浄化という主題が、明らかにトルストイの影響のもとに展開されている。黒石がロシア文学を体験として血肉化していた事実が、そこに強く窺われる。

黒石の短編に通底する第二の主題は分身であり、物語の奇怪なる反復である。「天女の幻」では、骨董を商う三人の兄弟が揃って同じ仏像を売りつけられ、しかもその仏像が一瞬のうちに姿を消すという笑劇が演じられる。「眼中星」では、眼科医がその妻の眼に星が出現すると必ずや死に到るという不条理に翻弄される。「顔の喜劇」では、妻の不貞を知って離婚した夫が、妻と瓜二つの女性と再婚し、そこに前非を悔いた妻が出現したので、やむなく彼女を殺害する。何とも開き直った、荒唐無稽なドタバタである。黒石にとって笑劇を執筆することは、いとも容易いことであった。だがその背後には、どこまで突き詰めても自己同一性を見究めることができない作者の、不幸な強迫観念が窺われる。

逃走と分身。この二つの主題が交錯するところに出現するのが、両親に見捨てられた孤児、それも混血児として生を享けた少年少女の物語である。とりわけ黒石みずからの幼少時代の体験に基づいて執筆された「代官屋敷」は、悲痛な話である。そこにはことあるたびに「異人の子」と罵られ、石を投げられたり、暴力を振るわれもする少年清（黒石の本名）が、遠縁の少女とともに隣家の庭で築きあげる親密な世界が描かれている。何と傷ましいノスタルジアであることか。少年は自分を侮辱した隣家に復讐するため、インク壺に石油を詰めると、井戸に放り投げてみせる。だが壺は固く締められていたため、石油は零れない。復讐は失敗に終わる。この固く締められたインク壺が主人公の孤独のみごとな隠喩となっていることは、注目すべきである。

黒石にとって生地長崎は、物語を発動させるための特権的な場所であった。

長崎はポルトガル人やオランダ人といった南蛮人が渡来し、異国情緒の咲き誇る貿易港であり、清国人（黒石は当時の慣習に応じて「支那人」と綴っている）の居住地であり、その縁で「支那」との交流がことさらに深い港町でもあった。また徳川時代には、切支丹弾圧と殉教という悲痛な歴史を体験した場所でもあった。さらに加えて、そこは黒石の父親と母親とが廻りあった都市でもあった。長崎について語ることはこの混血の文学者にとって、みずからを形作っている文化の起源を問うことに他ならなかった。

切支丹禁制時代の長崎社会を舞台にしたもの。みずからの長崎での幼少時代を描くもの。長崎に跋扈する「支那人」やトルコ人の異人性に焦点を当てたもの。さらにそこから派生して、「支那」に宿る魔術的な恐怖と魅惑を語ったもの。黒石文学に表象された長崎は実に多様であり、個人的回想から幻想小説まで、文学ジャンルにおいて多岐に渡っている。黒石の長崎への情熱は、小説の筆をひとたび折り紀行文作家に転じた後にも、十数年の沈黙を破って長編小説『おらんださん』(一九四二)を発表、イギリス船の突然の侵入に慌てふためく十九世紀初頭の長崎を如実に活写してみせたことからも窺われる。この作品については本書の後の方で一章を特に設けて論じておきたいが、長崎に寄せる彼の思慕の並々ならぬ深さがそこには見受けられる。

「聖母観音興廃」と「女人面(ワントウ)」は、これまで半ば民衆が自治を享受していた都市長崎が、幕府から派遣された役人の手で蹂躙され、切支丹禁制も手伝って抑圧的な世界へと転落していくさまを描いている。

前者では禁教の信徒である老人の娘が春を鬻(ひさ)ぎ、異国人との間にマリアナという娘を儲ける。マリアナは教会に預けられて育つが、やがて奉行の跡取民之助と恋に落ちる。折しも江戸から視察に来た役人によって奉行夫婦が殺され、さらに民之助は壁に隠していたマリア像の存在が露見し、廃嫡か家を潰すかの選択を迫られる。

後者では、長崎の民衆が選出した最初の代官が幕府に迫害され処刑されるまでの物語が、昔話として語られている。その奇妙な綽名は、「いつも赤い天鵞絨(ビロード)の阿蘭陀服を着て、鈴蘭花(チュウリップ)を伏せたような形の頭巾を被りながら、前かがみに歩いている」彼の姿が、「その頃しきりにやって来た黒船の舳飾りに彫りつけてある海魔除けの「女人面」にそっくり」だという風評に由来している。西洋の船舶において竜骨同様、船尾にも聖母を象った像を飾ることは一般的な習慣であった。「女人面」という名は、代官が海に生きる民の庇護者であることを意味している。彼の追放と処刑は、長崎におけるコスモポリタニズムの消滅に他ならない。

黒石はこの二つの短編において、神聖なる女性という存在がいかに男性的政治権力のもとに排除され追放されていったかを、長崎の民衆史に鑑みながら語っている。

長崎における「支那人」の怪奇なる跳梁を描いた短編としては、「黄夫人の手」と「六神丸奇譚」を挙げておきたい。

「黄夫人の手」は中学生の主人公藤三と、上海から到来した黄塵来(ウォンテンライ)という同級生との間の物語である。藤三は黄一家と交際するようになって以来、気が付かぬうちに首から頬にかけて爪で引っ掻かれたような傷が生じるといった不可思議な体験をする。同じ傷は黄塵来の美しい頬にも出現していた。

藤三はやがて黄家の不吉な来歴を知る。黄塵来の生家は上海にあり、母は稀なる美人であった。だがこの母は生まれつき窃盗癖が強く、自分の宿命を呪うあまり、幼子の塵来を殺しかけたこともあった。彼女は別に殺人を犯し刑死を遂げたが、死の前に方神(かみさま)に向かって、息子が二一歳まで生き長らえることがありませんようにと呪いをかけた。役人はこの美しい女盗賊が冥府でも窃盗をしないように彼女の右手首を斬り落とした。

だが手首は生きていた。それは彼女をかつて辱めたことのある黄鏖来の伯父に取り憑くと、上海から長崎へと渡り、こともあろうに藤三の部屋の抽斗に身を隠すに到ったのである。彼の顔に生じた謎の傷は、実は手首の仕業であった。手首はやがて伯父を発狂死に追いやり、持ち主の宿願を成就させた。だが黄鏖来に掛けられた呪いはまだ解けていない。彼が二一歳になるまでの間に手首が何をするかは、まったく予想がつかない。

この短編では、黄鏖来は色が白く妖しげな雰囲気の義母と、その娘お慧とともに住んでいる。お慧はどうやら彼の許嫁のようだ。彼らの住む「支那人」居留地は、汚穢と異臭に包まれ、「泥を浴びて踠いている豚の小屋と言いたい部落」であると描写されている。住居を別とすれば、この人物設定は「代官屋敷」に描かれた幼少期の黒石と美代にきわめて近く、その異人性が強調されている。黒石は暗い血の宿命を背負い、母親に疎まれた「支那人」の少年を描く際に、明らかに自分の少年時代を投影している。

「六神丸奇譚」はこの「支那人」の悍ましさ(ジュリア・クリステヴァの説くアブジェクション、忌避すべき汚穢)を最大限に増幅させ、グロテスクに描き切った推理小説である。

舞台は「日本なるものが余り大きく置かれなかった日清戦争のちょっと前頃」、つまり十九世紀末の長崎である。「人買船」と噂される唐人船が港の沖に出没し、「支那水夫」たちは、日本の警察など眼中に置かぬ暴慢無礼な振る舞いを行なっている。町人たちはただ耐えることしかできず、困り果てている。

長崎の人心は、唐人が携えてきた不思議な丸薬、「六神丸」に魅惑されている。「真っ黒い犀角の小壺に入っている芥子粒よりも微さい」この丸薬は、恐ろしく優れた効用を発揮し、日本製の仁丹をたちまち駆逐してしまう。だがこの六神丸の流行と時を同じくして、町では十歳前後の少女たちが次々と姿を消してゆく。この奇怪きわまりない事件を解決するため、辣腕刑事で変装の名人である松村文助が活躍するというのが、短編の内容である。

清国人への直接捜査権をもたない長崎の警察署は、荷揚げ人足に変装して停泊中の唐人船に侵入はしたものの、怪しげな証拠は一つとして見つからない。上陸した唐人容疑者を留置したところで、翌朝には全員が釈放されてしまう。松村はこうした状況のなかで「支那人居留地」の周辺を探索し、曲者と思しき人物を発見する。その尾行のさまを引いてみよう。

「先に行くのは弁髪のぶら下がった背中に大鼓のような黄龍の紋を染めぬいた上衣を纏い、ぞろっぺいな唐袴に黒繻子の靴を穿き、油壺から躍り出した大入道よろしくの大兵肥満。べんべんたる布袋腹が歩くたんびに左へドンブリ、右へドンブリ、大波打って揺れだぶる力で、あっちへよろよろ、こっちへよろよろ。大分酩酊した様子の支那水夫であります。後に行くのはこれも矢張り弁髪だが余程小柄の、ずんぐりしたつくりで、袋みたいにだぶだぶの寛袍。蛇がねじけた格好の唐袴に両手を突っ込み、爪先の破れたチビ靴を突っかけた風体は、どう見たって唐人饅頭売りか、上海わたりの繻子行商人というところだが、帽子をぬげば、ころっと一緒にくっついて脱れる弁髪。ほんものの支那人ではない」
いうまでもなく前者が唐人船から秘密裡に上陸した「支那水夫」で、後者が松村刑事である。布袋のような巨大な肥満漢と、いかにも利発で敏捷そうな小男。黒石の同時代でいうならば、ハリウッドの無声映画で大人気であったロスコー・アーバックルとバスター・キートンのようなコンビだろうか。彼らはやがて「血色あざやかに彫りぬいた眉間の招牌(かんばん)に、短い鉄の鎖で逆さまに吊るされた生きた大亀(すっぽん)が、さわれば咬みつこうと狂い藻掻く」といった店々が並ぶ一帯へと向かう。だがそこで松村は問題の人物を見失ってしまう。

このとき代わりに、「美男子(いろおとこ)の名残りあり」といった痩せ型の青年が出現する。彼は猶太(ユダヤ)教会堂の石段に腰掛けながら、下腹を押さえ苦痛に喘いでいる。青年は集まってきた群衆を前に唐袴の衣兜(ポケット)から六神丸の小篋(きょう)を取り出すと、片言の日本語で販売を始める。松村が訊問をしようとすると、青年は汚水渦巻く下水溝に、ひょいと身を投げてしまう。ただちに港沿いの川口へと走る松村。下水口からは「くたくたどろどろ大海鼠(なまこ)の化け物」のような、「はや人間の形もないまでに、嬲られ、弄ばれ、打ちのめされ、揉みくだかれた見るも無残な支那人の死体」が放出されてくる。だがこの死体はまだ生きていて、服を脱ぎ捨てると、素っ裸となって逃亡する。弁髪が水面に浮かび上がったことから、彼が偽の「支那人」であったことが判明する。

こうしてパノラマのように展開する強烈な描写を眺めてみると、このグロテスクな短編が実にみごとな祝祭的想像力のもとに構成されていることがわかる。それは世に喧伝されている観光主義的な異国情緒などではなく、その背後に隠されている恐怖と魅惑が結合した魔術的なイメージであって、社会的な周縁がとりもなおさず言語的また肉体的な周縁に重なり合っている。

物語はさらに複雑に進行してゆく。次々と謎めいた人物が登場して殺人事件が生じる。最後に真相が解明される。実は清国から渡来した仏僧が情婦に命じて少女たちを誘拐させその生胆（いきぎも）を抉って六神丸を製造していたのだった。それを長崎の町人は大枚を叩いて購入していたのである。

「六神丸奇譚」の黒石は、グロテスクで残酷なイメージの創造という点で頂点を極めた。おそらくこの作品の強度に匹敵できるのは『人生見物』における月島の造船所での、悲惨に満ちた労働の描写くらいではないかと、わたしは思う。「黄夫人の手」では単に汚穢と悪臭に満ちた不気味な空間であり、消極的なイメージのもとにしか描かれていなかった「支那人居留地」が、この短編ではより積極的に、非日常的な恐怖と魅惑を伴った不可思議な魔界として表象されている。黒石における場所偏愛（トポフィリア）である地下世界と水流は、猶太教会堂脇に開口部をもつ不気味な下水道の形をとり、日本人と唐人、生者と死者といった境界を越えて跳梁する謎の人物が出現する空間として登場しているのだ。

もっともこれが黒石最後の短編となった。この手の作品をさらに書き続けていれば、日本のゴーゴリという称号をほしいままにできたであろうと思うと、今にして残念でならない。

十五　混血と身体の周縁

前章では黒石においてグロテスクな想像力が充溢している短編を取り上げてみた。とはいえ彼のすべての小説が残酷な酸鼻を基調にしているというわけではない。哀し気な抒情味を帯びた二篇の珠玉短編について書いておきたい。

「葡萄牙女の手紙」と「父と母との輪郭」のことである。混血児という主題は黒石の本質に関わることであり、前章に論じた自伝的短編「代官屋敷」で傷ましいまでに活写されていたものであった。この二篇の作品ではそれがより巧妙に、物語的虚構に包まれて描かれている。

「葡萄牙女の手紙」の語り手「妾」は一六三〇年(寛永七年)に長崎の出島に到着し、まだ数日であるポルトガル人の若い女性である。彼女は兄である貿易商アントニオの屋敷に仮寓し、その妻お留と娘ヨアンナとともに毎日を過ごしている。屋敷の手前側にはポルトガル人、向こう側にはオランダ人の家が並び、両者は仲が悪く、いつも睨み合っている。

岬の陰にある小さな島ではコレラが発生している。だが出島の西洋人たちは、まだそれを危機とは感じていない。より深刻なのは、幕府による西洋人締め付けの政策である。「在留異国人」は出島から外に出てはならず、全員が「伴天連（バテレン）の法」から改宗しなければならない。こうした命に応じて、かつてサン・ジュアント寺であった本蓮寺なる寺で「絵踏（ズルゲルメントリ）」の実行が決まった。一家はこれからそれに参加しなければならない。

聖母と救世主の像を足で踏むという試問と聞いて、「妾」は仰天する。もっともアントニオはすでに一度体験したことがあるという。彼は「絵踏が済み次第家へ帰って清水で足を洗って償罪の祈禱をした」といい、「神様は賢明だから、そんな試問なんぞに引っかかって死なないでも許してくださるよ」と平然という。だが改宗忌避者の悲惨な最期を聞かされた「妾」の心は落ち着かない。明日にでもポルトガルに戻ろうと決意し、帰国の荷造りを始める。公式的には女人禁制の出島に、いつまでもいられないからだ。

心の慰めは、兄の娘ヨアンナである。彼女は竹竿で水母を捕らえ、わざわざ「妾」のところへ見せに来るような十歳の少女で、まだ出島以外の世界を知らず、「妾」以外の女性を見たことがない。

「ヨアンナが馬鹿にされたり、軽蔑されたりしているのは、郭の外を通って行く街の子供や、こういう妾ばかりではなかったのでした。葡萄牙人とも日本人ともつかぬ、例えば、首から上が葡萄牙人で、腰から下が日本人である彼女――鳥なら差し当り鵺（ぬえ）の彼女――は――見たところ可愛らしいけれども、つぶさに眺めると、曇りを帯びた水色の眼を上下の瞼から放射して包む睫毛が真っ黒であったり、髪の生え際だけが、きわだって茶色に光っていたり、浅黒い顔が頤の先で、桃の尻みたいに、ちょいと凹んで見えたり、頸筋から肩のふくらみへかけて急に白さが目立って、腋の下の綿の花見みたいな纖い生毛が、その肩の方へ段々薄くなって生えのびているといった具合で、何ともかんとも名状の出来ない気味悪さと嫌らしさが、自然彼女を嫌うようにしたのです」

「妾」は最初、この「こんな出来損ない見たいな奇妙な人種」を嫌い、恐怖を感じていた。だが混血少女がポルトガル語と長崎方言の日本語を巧みに喋り、無垢にして生気に満ちた存在であると知り、少しずつ親しみを抱くようになる。少し長い引用になったが、ヨアンナの身体をめぐるこの異常なまでに執拗な眼差しは、そのまま黒石が幼少時よりこの方、周囲から向けられてきた眼差しと同一であったと、わたしは推測している。「妾」はお留がアントニオと結婚したことで、両親が「娘を異人に売り飛ばして家蔵を建て」たと噂されているのを知る。さりげなく記された一行であるが、おそらくここにも黒石との結婚に際し、妻の美代に浴びせられた親戚の側からの罵倒が影を落としているはずである。

結局「妾」は僧侶立ち会いのもとに、寺院で踏み絵を行なう。つい先日まで教会堂であったその場所には、教会の小さな鐘が転がっていたり、刺繍のある洋服が積み上げられてあったりしている。無数の蠟燭が周囲を照らしているが、ステンドグラスの両脇の壁は崩れていて、惨たらしい破壊の後を思わせる。一家は出島の家へと追い返されると、ただちに梯子段の陰に隠しておいた聖像を取り出し、清水で足を洗う。足の水気が乾いてしまうと、先ほどの罪が許されたような気持ちになった。そこへ報せが到来し、数日前に「妾」を長崎まで乗せてきた船が焼き討ちに遭ったと判明する。

坂口安吾の『イノチガケ』から遠藤周作の『沈黙』まで、日本で切支丹弾圧について書いた小説は少なくない。だがこの短編はとりわけ異色である。何よりも語り手を異邦人の女性に設定し、踏み絵という試練に懸命に耐えようとする西洋人と、西洋人の社会にあってもさらに弱者である混血少女を描いているという点で、他の追随を許さない。混血児として生を享けた黒石の、面目躍如ともいうべき繊細な完成度を見せている。

「父と母との輪郭」はうって変わって、一八九〇年代の天津が舞台である。ロシア領事ステパンとその妻で日本人のお恵が主たる登場人物で……と書くと、察しのいい読者はひょっとして？と気づくだろうが、その通り。黒石が、おそらく両親の新婚時代はこんな風ではなかったかと想像して執筆した、未生以前のノスタルジアを描いた短編である。

　お恵は許嫁を振り切り、故郷を捨て、異国人の夫と異国に住む女性である。彼女は使用人たちに傅(かしず)かれ、それなりに優雅な暮らしをしているが、一方で望郷の念に駆られ、またステパンの母親エレーナの東洋人への軽蔑と嫌悪に苦しんでいる。とりわけ自分の生理を処理した汚れ物がエレーナに発見され、浴室に連れていかれると無理やりに軀を洗わされたことには、納得のいかない気持ちを抱いている。そのお恵が可愛く思っているのが、都姜(トウチャン)という近所の少女である。

　都姜は門番の何呂(ホリー)が「女奴隷の下婢」に胎(はら)ませ、堕胎に失敗(しくじ)って生まれてきたという、いわくつきの子供である。彼女は「絹糸みたいな艶々(つやつや)した髪」と「福々しい耳」をした、訝しそうな顔つきの少女で、いつも両手を袖のなかに隠していて、病気で高熱に苦しんでいても、医者が呼ばれることはなく等閑にされている。あるときエレーナはお恵の目の前で彼女のズボンを引き摺り下ろし、その両足が「ほとんど形のないまでに潰れたまま」の纏足であることを発見する。「不具者」を家に入れるのは不吉なことだと、エレーナは叫び出す。お恵は都姜を不憫に思い、鼈甲の簪（かんざし）を与えようとするが、洋箪笥の抽斗を開けたとき、自分が大切にしていた縮緬の袷が紛失していることに気付く。その数日後、彼女は他ならぬ都姜がその縮緬を着ているところを目撃してしまう。盗んだのは何呂であった。もっともお恵は彼女の「静かな恍惚と魅惑」をもった美しさを見て、もともと都姜に与えたいと思っていた着物だったと思い直すと、ある満足感を覚える。エレーナの立腹によって何呂は屋敷を追放される。彼は最後に、自分がいなくなっても母親や娘の面倒だけは見てほしいと懇願しながら、門の外へと去っていく。誰もこうした事件の真相をお恵には何もいわず、彼女を置き去りにする。

「父と母との輪郭」は、どこかしら『吶喊（とっかん）』の魯迅を連想させる苦さをもった短編である。ここで魯迅が若き日にアンドレーエフを始めとするロシア文学に深い影響を受け、日本語を通してみずから中国語に訳筆を執ったことを想起してもよいのだが、話が脱線するのでここではやめておこう。黒石のこの短編を読んで印象付けられるのは、それが先の「葡萄牙女の手紙」ときわめて相同的な構造をもっていることである。いずれもが寄る辺なき異国の若い女性を主人公とし、彼女がさらに弱者である少女に向ける眼差しを中心に物語が展開していくという点で共通している。ここに黒石の女性像が典型的に表れている。

黒石は初期の「恋を賭くる女」のコロードナとアンナの物語以来この方、社会の周縁に置かれ、寄る辺ないままに彷徨(さまよ)う女性たちを描いてきた。孤児、私生児、混血児、性同一性障害者である。「尼になる尼」の牛丸夫人は幼くして孤児となり、尼寺に預けられて以来波瀾万丈な人生を送り、「心癌狂」の白蘭夫人は父とともに日本から大連に逃亡、父の死後、謎の「支那商人」の囲い者として屋敷に幽閉される。彼女は阿片に蝕まれた男の手で夜ごとに全身を苛まれ、脱出の機会を狙って窓から日本の高額紙幣を外に放り投げる。「不死身」では朝鮮平壌で妓生を営む女性が、ふとしたことでアラーの神の怒りに触れ、「卑怯者のカタフイラス」つまり伝説上の「永遠のユダヤ人」よろしく、永久に死ぬことのできない身の上となってしまう。

極めつけは「女が男になる話」である。「昔から一郭をつくって港町の人々とは殆んど交際をしないカトリック教徒ばかり」の集落に生まれ落ちた主人公は、寄宿制の聖心童貞女学校へ入学し、修道尼になる人生を志す。「イギリス人の孤児もいれば、進んで神のしもべになろうといったような、フランス人の所謂「尼さんの卵」もいるし、どこの人だかわからないような、随分と哀れな境遇の少女たちもいて、それぞれ違ってはいるが、暗い運命に弄ばれて尼さんにでもならねば、生きて行くことの出来ない人たちばかり」という寄宿舎である。

彼女はこの厳しい戒律の場にあってどうやら自分の身体が女性でも男性でもないことに気付き、たまたま手にした「フロイド(ママ)」という「西洋の性学者」の書物に影響されると、自分の秘密を同室の親友に告白する。二人が同性愛の悦楽の世界に遊ぶさまを、黒石はみずから翻訳の筆を執ったレールモントフの詩「悪魔」に準(なぞら)えて語っている。

こうした黒石の短編を見廻してみて気づかされるのは、それが同じ大正時代に生きた作家、夢野久作と、主題的にも手法的にもきわめて近いところにあるという事実である。

この二人の比較は先に第三章でも簡単に試みておいた。彼らはいずれも長崎と福岡、つまり歴史的にも中国と深い因縁のある町に生を享けた。黒石は夢野久作より四年年少だが、文学者としてのデビューは夢野より早かった。夢野が関東大震災直後の東京を訪れ、新聞記者としてルポルタージュを執筆した一九二三年、黒石はすでに流行作家として盛名を馳せていた。また夢野が四七歳で急逝した後も細々と執筆を続け、戦後まで生きた。彼らはともに作家になる前、実に多彩な人生経験を積んでいた。しかし私小説が文学の規範であった文壇では、どこまでも周縁的な場所に甘んじなければならず、二流の娯楽読み物であるという軽蔑的な言辞に耐えなければならなかった。福岡を離れようとしない夢野と、東京にいながらも文学者との社交を嫌った黒石とは、生涯互いに相知ることはなかった。

とはいえ猟奇怪奇、グロテスクとミステリーが文化流行であった大正時代にあって、彼らはすぐれて同じ〈気分〉を共有した作家であった。先に名を掲げた「女が男になる話」の少女間恋愛は夢野の「少女地獄」を、また「恋を賭くる女」の恋愛メロドラマにおけるコスモポリタニズムは『氷の涯』を連想させる。黒石が拘泥した隠れ切支丹と被差別部落という主題は、そのまま夢野の『骸骨の黒穂』のそれであり、「眼を捜して歩く男」の乞食姿の放浪画家は、『ドグラ・マグラ』で妻の亡骸を前に懸命に筆を走らせる唐人画家に近いところがある。この大長編は名前も過去も失って密室で目覚める主人公の独白から始まるが、同様の実験は、死刑を宣告され独房で狂ったように叫ぶ『預言』の主人公のそれを強く連想させる。この二人の異端作家は、数多くの主題体系を分かちあっていた。

にもかかわらず、黒石を夢野から頑強に隔てているものが存在していることも、われわれは忘れてはならない。それは郷土と民族をめぐる神話への信頼の有無である。夢野は父杉山茂丸を通して幼少時より福岡玄洋社の面々と近い関係にあり、みずから経営する広大な農園を根拠地として執筆を続けた。彼は禅仏教から能楽まで、日本の伝統的高位文化を自分こそが体現しているという、強い矜持を抱いていた。一方の黒石は長崎に強い郷愁を抱き、この地を舞台に少なからぬ作品を残してはいるが、石もて追われるごとく出奔した生地を再訪することはほとんどなく、混血児として迫害されたという複雑な感情を終生にわたり抱き続けた。黒石の描く女性たちは例外なく放浪する弱者である。それに対し、夢野の女性たちは農村に強固として残る前近代を拠点にして、東京から到来する脆弱な西洋的近代を嘲弄してやまない。夢野の背後には確固とした地域共同体の民衆文化が横たわっており、彼は思うがままにそこに回帰することができた。それに比べ黒石は、背後に回帰すべき場所をもたなかった。長崎もロシアも大いなる隔たりのもとにあり、しかも彼はこの二つの場所の債務を、ものごころついた時から孤独に引き受けなければならなかった。

黒石は一九二七年に五冊目の短編集『眼を捜して歩く男』を騒人社書局から刊行し、『中央公論』に、後に『六神丸奇譚』として纏められる二短編を発表すると、もうそれきり短編小説の執筆をぱったりやめてしまう。みずから出資者を買って出た同人誌『象徴』(一九二七―二八)に「清談」「愚老庵」といったエッセイを数編発表し、この雑誌が五号で中絶すると、『文章倶楽部』(一九二八年一月号)や『食道楽』(一九三一年一月号)といった雑誌の新年アンケートに答えたりはするのだが、小説の真剣な創作からはきっぱりと訣別してしまう。一九二九年には短編集『趣味綺譚　燈を消すな』が刊行されるが、旧作を再録したものにすぎない。ちなみにこの年は作家としての方向転換を明確にした彼が、最初の紀行文集『峡谷を探ぐる』を春陽堂から刊行した年でもある。

峡谷紀行については次章に論じることにして、『グロテスク』(文芸市場社、一九二九年十二月号)巻頭に掲載された『勧愬淫書徴信(いんしょせいばつ)』について、簡単に触れておきたい。分量にして四〇枚ほどのエッセイである。

表題は右汾山人なる匿名の出版者が、どうやら清朝時代に編纂上梓した書物のことであり、黒石はそれを「淫姦行為論」「艶書製作論」「淫書論」に区分して紹介するという形を取りながら、自由闊達に論を拡げている。表題に「いんしょせいばつ(淫書征伐)」とルビが添えられていることからも判るように、そこでは元代の『西廂記』から『水滸伝』『金瓶梅』『紅楼夢』といった、中国の「奇書」がいかに刊行され、また弾圧を喰らったかが、滔々と語られている。

「淫楽の思ひに耽る害毒は既に膏盲に入つた。親に隠れての女買ひだ。花蕊初めて放たれたり、風雨をそれ奈せん」

『俺の自叙伝』以来の饒舌体はここでも健在である。西洋の諸言語に長けた黒石がすでにこの時点で漢籍を自在に読みこなし、中国文学のなかに隠されてきたエロティシズムに刮目していたことが、このエッセイからは読み取れる。とはいえ読み終えたわたしはそこに、どうしても一抹の寂しさを感じないわけにはいかない。はたしてこれが、小説創作を断念してまで黒石が執筆を望んだ文章であるとは、とうてい思えないからだ。なるほど彼ほどの語学力と博識をもってすれば、この手のものを執筆することは困難ではないのだろう。雑誌編集者もそれを期待していたはずである。だがここに、文壇から追放され、同人誌にも挫折し、執筆場所を求めて四苦八苦している売文家の哀れを読み取ってしまうのは、わたしだけではあるまい。文章がなまじ歯切れのよい饒舌体であるがゆえに、いっそうそれが痛切に感じられる。

『グロテスク』への寄稿に続いて黒石は、『読心術』（萬里閣書房、一九三〇）なる単行本を書き下ろしで刊行している。衒学的な序文の後に、頭、額、眉、鼻……と、顔面各部の形状を読み解く方法を、図解して解説した三〇〇頁ほどの書物である。おそらくは西洋で刊行されている類書を数冊参考にして執筆されたものであろう。数々の珠玉の短編を残した黒石が、生活の資を得るためにこうした売文に向かったという事実は、同じく文筆家を職業としているわたしを少しく複雑な気持ちにさせる。

十六　峡谷への情熱

〈文壇〉を追放された黒石は、一九二七年にみずから創刊した同人雑誌『象徴』に「大狂痴」や「切支丹廟趾の夜」といった短いものを掲載する。また『國民新聞』（一九二九年五月）に「バアナード・ショオの社会主義と資本主義」といったエッセイを発表する。一九二八年に『象徴』は財政的原因から五号で終刊してしまうのだが、この時期に黒石はひとつの趣味を見つけた。日本全国にある峡谷を歩くことである。それは彼の書きものに、これまで手掛けたことのない新ジャンルをもたらすことになった。

黒石は生涯に四冊の峡谷もの紀行エッセイを遺した。『峡谷を探ぐる』（春陽堂、一九二九）、『峡谷と温泉』（二松堂書店、一九三〇）、『山と峡谷』（二松堂書店、一九三一。ただし一九三四年に浩文社より再発行）、『峡谷行脚』（興文書院、一九三三）である。このうち装丁造本が一番立派なのが最初の『峡谷を探ぐる』で、ほぼ新書サイズの箱入り、十一頁のモノクロ写真頁の他に、現地の絵地図の色彩画が十一葉にわたり、なんと四つ折り重ねになって折り込まれている。これはコンパクトとはいえ、けっこう豪華な造本である。

もっとも四冊を並べてみると、黒石が本気になって執筆したのはどうやらこの一冊だけであったようだ。二松堂書店から出た二冊は、内容の半分以上が『峡谷を探ぐる』と重複している。作者は冒頭の一文だけを削って別の文章に見せかけようとしたり、旅の同行者に原稿の追補部分を執筆させたりしている。出版社は、旅行ガイドとして売ろうと目論んでいたのだろう。漢詩の引用などはつとめて割愛され、代わりにとってつけたかのように観光スポットや旅館、交通の経費と温泉の効用などの情報が付加されている。『峡谷行脚』は『山と峡谷』の題名だけを変えたもので、内容は同一である。というわけで、本章では『峡谷を探ぐる』を中心に論じることにしたい。

黒石はもとより紀行文に優れた技量を見せていた。『ロシヤ秘話　闇を行く人』に収録された「露西亜水郷印象記」を読むと、ロシアとフィンランドの国境に近いラドガ湖、オネガ湖を旅行した際の印象として、崇高にして静謐さに満ちた湖水をめぐり、すでにみごとな散文が記されていることがわかる。その黒石が日本の峡谷を訪問することに情熱を持ったことは当然のことであった。それが紀行文として結実するようになったのが、一九二〇年代の終りから三〇年代の初めまでの時期であった。ではそれは、流行作家の地位を追われた者の、やむにやまれぬ転身であったといえるのだろうか。

『峡谷を探ぐる』
(1929)

ベストセラー作家であった時分の黒石は執筆と講演に忙殺され、とても時間を割いて山野に遊ぶなどといった余裕はなかった。だからといって、その後では暇を持て余し、気の赴くままに山野に遊んでいたかというと、けっしてそうでもない。『峡谷を探ぐる』を読むと、故郷長崎に家族を連れて行く合間に下関で下車し、苦心して一人だけの自由行動を一日見つけると、時間を惜しんで長門峡に向かったとか、列車の発車時刻を気にしつつ、苦労して東京からの日帰り旅行に成功したとか、時間のやりくりに気を遣いながら峡谷廻りを行なっていたことが判明する。

峡谷を廻る旅行は大出版社が主催し地方新聞が協賛するといった形で、竹久夢二や田中貢太郎といった知人友人を伴った移動式宴会旅行のような場合もあれば、単身で出かける場合もあった。いずれにしても黒石は行く先々で植物を採集しては現地の宿の主人に名前を訊ねたり、写生帖を取り出してスケッチをしたりしている。団体旅行では列車のなかで座を組み、俳句をひねったりもしている。『山と峡谷』には同伴者だった人物の報告も掲載されていて、それを読むかぎり、黒石は向こう見ずというか、相当にハチャメチャなことをしていたようである。熱いので有名な草津温泉に、人が制止するのも聞かず、いきなり飛び込んで平然を装ってみせたかと思うと、新聞配達夫の着用する法被を着て飯田の友人宅を訪問した折、列車で二等車に乗っていると車掌から三等車はあちらだと指示されたとか、土木工事に向かう朝鮮人労働者たちから、よかったらいっしょに働きに行かないかと誘われたとか嬉々として話して、友人を驚かせたりしている。低きところに臨みたまえというのは、浅草で食肉処理場に勤務していた時分から、黒石のモットーであった。

紀行文を読むと、行く先は黒部、恵那（えな）、天龍、吾妻（あがつま）、鬼怒（きぬ）、箒川（ほうきがわ）と、中部から北関東にかけての峡谷が圧倒的に多い。そこに長瀞（ながとろ）や奥多摩といった、東京から日帰りで戻れる近郊が続き、熊野の瀞八丁と長門が加わる。とはいえ彼は単に道中に見た風景を記述していたばかりではなかった。吾妻渓谷を論じるにあたっては、古代中国の女媧神話をエピグラムに掲げ、天龍川を前にしては江戸の漢詩人の作品を引用している。いかにも漢文調の語句が朗々と続く一節があるかと思えば、奥多摩の景観は氷川から境、原、河内、小河内と奥に行くにしたがって、ますます南画の趣きが深くなっていくと、さりげなく指摘してみせたりもしている。こうした文章を読むかぎり、黒石はいかにも伝統的な日本の文人の枠組みで自然を眺めているようにすら思えてくる。ロシアで育ったために中学時代は漢文が苦手でと自伝で述懐していたのは、あれはやはり黒石一流の自己韜晦だったのだろうか。

とはいうものの、ここでやはり指摘しておくべきなのは、黒石が足を運ぶ先々で、民謡と呼ばれるものを注意深く採集し、その由縁来歴を問い質して記録していることだろう。恵那峡谷の章では木曽節が冒頭に掲げられ、黒部峡谷の章では「宇奈月のスキー踊り」なる新作民謡までが紹介されている。かつて若き日に「露西亜の伝説俗謡の研究」なる論文を執筆したときの姿勢は、それから十年を経てもいささかも変わっていないことが、そこから推察できる。黒石にとって日本のさまざまな峡谷を遡ることは、少年時代にヴォルガ河を船で下り、旧都カザンに達することと同等の行為だったのである。

『峡谷を探ぐる』には峡谷探索の途上で出会った女性たちについて、興味深い挿話がいくつか描かれている。とりわけ注目すべきものを二つ、紹介しておこう。

「黒部渓谷」自筆挿画

ひとつは黒部峡谷へ団体で乗り込んだときのことである。トロッコに乗って洞門を潜ったあたりから上機嫌になった黒石は、携帯したウィスキーを呑んでいるうちにすっかり酔ってしまい、そこで「長さ一丁」という大吊橋を渡るはめになってしまった。一条の針金だけを命綱に、狭い板の上を怪しげな足取りで歩いていかなければならない。足下を見下ろすと、「碧浪岩を嚙んで囂々怒発し、霰乱する飛沫物凄く噴き上つて来る」というさまである。彼は吊橋の途上で、前方を行く少年少女たちに追いつく。少年は鱒の干物をぶら下げ、少女たちは「十二三貫もありさうな俵を一つ宛背負つてゐる」。彼女たちは日焼けで赤い頬をし、「夕立のやうな汗を流しながら」一列に繋がり、這うような恰好で進んでいる。そこで俵の中味を訊ねると少女の一人が、鐘釣温泉の飯場で使う骸炭だという。酔った黒石がウィスキーを勧めると、彼女たちは笑ってみせる。彼は明らかにこの少女たちに畏怖の気持ちを抱いている。

もうひとつの挿話は鬼怒峡谷で歩き疲れ、岩間に湧き出た温泉に身を浸していたときのことである。山中の樵夫の娘らしき女性が突然出現した。

「十八九の「峡澗の姫百合」が、忽然と天降つて現はれて、羽衣を脱いで岩に打ちかけ、どぶりと踊り込んだのである。いや、これはしたり。湯の中の石の上に、ふわりと人魚のやうに、のしか丶つて腹這ふやら、ぴちりと湯沫を跳ねて寝返るやら。遂には、すらりと立ち上つて、桃いろに色づいた豊艶無双の驚ろくべき肉体を白日の光にさらしながら、はるかに青空を打仰ぐ天真爛漫の姿をあらはしましたのである。高原山の猿も見物に来た」

猿も見に来たというあたりはいかにも黒石節であるが、この一節が興味深いのは、語り手の同行者たちがこの姫百合の女性に思わず声をかけたときのことである。ここで「悲鳴は谷神が夕睡の残夢を驚かし」という一文が続く。この「谷神」が曲者である。なぜこのような表現がここで用いられているのか。老子に親しんできた読者であるならば、ただちに『道徳経』六章にある天地の根源をめぐる一節を想起することだろう。「谷神不死、是謂玄牝。玄牝之門、是謂天地根。綿綿若存、用之不勤（谷の神は不死である。それは神秘の牝だ。その牝の性器こそは、世界の根源である。太古より綿々と永らえてきて、いまだに尽きてしまうことがない）」。かねてより老家思想に親しみ、『老子』なるベストセラーを著したこともあった黒石である。ここでは明らかに『道徳経』への言及がなされているのだ。大吊橋を行く少女たちに畏怖を感じ、露天の湯に忽然と現れた「姫百合」の天真爛漫な肉体美に驚く黒石は、彼女たちの振舞いのなかに「天地根」が宿っていることに気付いていた。彼は黒部の鉄橋を「人間の世界と神仙の天地とを境する」と呼んで憚らない。峡谷へ足を運ぶという行為は「玄牝之門」を見究めることであり、それはまさに世界の根源に向かうことに他ならないのである。

というわけで、おのずから水も多様な様相を見せることになる。

「峡谷の幅はどし〳〵狭くなり、鬱蒼たる両崖の巉壁は互ひに近寄りあふ。滔々として押しよせて行く水は、こゝに道を狭められて、渚にあたり巌に激して、遂に滉然たる飛躍を試み、轟々たる咆哮をあげる奔湍となる」
「水は、こゝで全く奔流の性質を失ひ、荒くれ男が温順しい処女に化けたやうに、さしも勇ましかつた浪は勢ひを落して、おだやかな漪となり、一見、谿間の湖水ではないかと怪しまれるばかりである。時には逆流しつゝあるやうにさへ見ゆるほど漫々たる水を湛へて旋渦し、渟膏しつゝ、ゆるやかに、しづかにうねつて行くのだ。その漲る水の量に、今までは嶄然と聳えてゐた両崖の岩峭も、多くはその岩根を深く水中に隠没して、あらたに言ふべからざる幽韻縹渺たる風気を呈してゐる」

天龍川上流と木曽川中流を描写した件を引いてみた。激流ではいかにも激流らしく漢語が立ち並び、さながら両崖の巌のごとき雰囲気を醸している。緩やかな流れではいかにも文章がいくつもの読点で遮られ、緩やかに蛇行している印象を与えている。もしガストン・バシュラールに日本語が読めたならば、きっと『水と夢』のなかに一章を設け、黒石の峡谷論における水の変転を論じていたかもしれない。黒石が火でもなく、泥でもなく、水の人であり、渓流を前にしたとき想像力においてもっとも絶頂を迎える作家であることが判明するのは、こうした描写に接したときである。

ここで少し脱線をしておくと、黒石の峡谷探索のなかにはある時期、映画のロケーションハンティングが含まれていた。わたしは第十二章で、黒石は大震災後ほどなくして日活を去ったと記したが、『峡谷を探ぐる』を読むかぎり、どうやら翌一九二四年の春にはまだ脚本部嘱託の身分にあり、撮影場所を索めて奥多摩渓谷に赴いている。東京近郊とはいえ、当時は観光に訪れる人もなく、交通の便が恐ろしく不便であったところだ。中央線で終点立川まで行くと青梅鉄道に乗り換え、さらに「がた馬車」に乗る。馬車は「喇叭を吹きならしながら」氷川村、日原村へ。ここで一泊して鍾乳洞見物。「多摩渓谷の南画的風致は、この村（氷川村、引用者註）から溯つて、境、原、河内、小河内へ行くに従ひ、ます〳〵深刻になることを私は後に知つた」とある。残念なことに、このときのロケハンがいかなるフィルムに役立ったのかは不詳である。

ところで黒石の山と峡谷への情熱は、この四冊をもって終わったわけではない。むしろ温泉評論家としてそれなりに名を成して以降の方が、本格的な山中放浪が開始された気配がある。戦時下の一九四二年、黒石は『山の人生』を大新社から刊行する。これは旅行ガイドではなく、上高地を中心とした登山エッセイ集である。

黒石の次男灝はこの時期の父親のことを、次のように回想している。

「この頃より黒石は上越の温泉境をさまよい歩く様になり、それを紀行文にして新聞に発表し、糊口を辛うじてぬらす有様となった。往年の黒石よ何処へ行って了ったのか。旅の土産は木の化石だったり、椎茸の付いた木の棒であったり。或る時、頗る大形の青大将を木箱に入れて持ち帰った」（大泉灝『赤い泥鰌』）

『山の人生』の黒石はもはや大人数で燥ぎ回ったり、酒の力を借りて冒険を試みたりはしていない。冷静かつ慎重になされた登山を、禁欲的な口調で語っている。谷川岳の小径を注意深く歩いていたとき、ふと岩肌にエーデルワイスが、渓流に小さな山椒魚と巨大なイワナが眼に入った。奥日光の狭霧のなかをどこまでも彷徨っていたとき、突然に視界が晴れ、秋空の下に錦織のような紅葉が展開した。黒石はもはや衒学的に漢詩を引用したり、いたずらに饒舌を連ねることも避け、ただ眼前にある光景の美しさを書き留めている。先に黒石を水の作家であると記したが、『山の人生』が語っているのは、彼が同時に空の作家でもあるという事実である。黒石は山頂に立って清浄なる大気に身を委ねるとき、真の至福を体験するのだ。

もっとも生まれつきのお話し好きの性分は隠しきれないようだ。山中で出会った他の登山家から聞いたと称して、深山の温泉宿に幽霊が出るという話を紹介している。去んぬる昔、源義家に追われた安倍一族の怨霊の因縁話に始まり、登山家が一人山小屋で夜を過ごしていると、谷底から三味線の音が聞こえ、どうも幽霊たちの宴会が開かれている気配がしたといった話を、いかにも愉しそうに書き留めている。妹を抵当にして金三〇両を得たものの、残らず博打で失った兄が十三人の巡礼を殺害し、発狂して谷淵に落下したといった恐ろしい物語も紹介されている。人跡未踏のような深山に足を踏み入れても、やはり人間臭い怪奇に首を突っ込むあたり、さすがに怪奇短編の妙手にふさわしい紀行文だという気がする。

黒石は大新社から前年一九四一年に、長編小説『おらんださん』を刊行している。日に日に出版事情が悪化している中にあって、この書肆は彼にとって生命線ともいえる存在であった。

十七　奇跡の復活『おらんださん』

黒石はもう筆を折ってしまったのだろうか。一九三〇年代のある時期から、彼は何篇かの山岳エッセイを除いて、まったくといってよいほど文章を遺していない。過去のベストセラー『老子』正続編の復刊を別として、単行本を刊行した形跡もない。

いったいどのように生計を立てていたのか不思議だが、もとより親交のあった辻潤と同様、軍国主義のご時世を心中で無視して、酒色と放浪に明け暮れる日々が多かったことは想像がつく。それを時流から外された文学的敗者の意気消沈と見るか、彼がかねてから憧れていた老子の思想における〈無為〉の実践と見るか。だが早急な結論は禁物である。なぜならば一九四一年（昭和十六年）、黒石は沈黙を突然に破り、二部からなる長編小説を江湖に問うたからである。

『おらんださん』は一九四一年十一月、つまり日米開戦のひと月前に、大新社から刊行された。書き下ろし長編としては、『預言』以来十五年ぶりのことで、まさに快挙である。

舞台は一八〇八年（文化五年）の長崎。江戸生まれの青年通詞（つうじ）、菅谷保次郎は、師匠である退役通詞、瓊庵（けいあん）の邸を訪れ、壁に掲げられたヴァン・ダイクの版画を眺めながら、昨今の欧羅巴（ヨーロッパ）情勢について語り合う。ナポレオンによる経済封鎖が断行され、和蘭陀（オランダ）は仏蘭西（フランス）側に寝返ったため、英利西（イギリス）とは「交戦状態（ベリゼレンシイ）」に陥ってしまった。毎年初夏に入港する和蘭陀船がいまだに姿を見せないのは、ひょっとして南支那海あたりで英吉利軍艦に撃沈されたか、拿捕されたのではないか。港に和蘭陀船が途絶えたため、商人たちは品物の仕入れができず困っている。

二人が国際情勢について話しているところに、瓊庵の馴染の骨董屋で大入道の糸岐屋総兵衛（いときやそうべえ）が到来し、保次郎が趣味で拵えた人形を絶賛する。高さ五、六寸の彩色人形で、真紅の縁裏の高帽子を被り、漆黒の軍服、銃を手にした金髪碧眼の和蘭陀士官の人形である。長崎はもとより古賀人形の盛んな地であったが、現在では不振を託（かこ）っている。糸岐屋はこの人形に「オランダさん」という名を与え、大量に製造してはどうかと提案し、古賀の職人に見せるのだといって借り出してしまう。そこへ瓊庵の末娘、三千代が到来。香焼島（こうやぎ）の沖に動くものをみたという。三千代が大洋琴（ピアノ）の上の遠眼鏡を手に取り沖合を眺めると、驚いたことに、海上に和蘭陀船が出現しているではないか。三千代は保次郎に親しい気持を抱いている。身分のいささか低い彼に向かって、奉行の松平図書頭（ずしょのかみ）とは「叔父と甥のように、親しい仲だって」と気さくに話しかける。保次郎は祖父の代から松平家に仕える下級武士であっただけなので、ただちに軽口に応じることができない。

保次郎はただちに奉行所へ駆け付け、その場で蘭船検使役に任命される。相棒として選ばれたのは、江戸から到来したばかりの上川伝右衛門である。二人は和蘭陀商館書記二名を同行し、総勢十八名、艀船三艘で沖合へと向かう。ところが和蘭陀船とは真赤な偽り。異国船は実は偽装した英吉利軍艦フェイトン号であった。保次郎たちはいきなり発砲され、書記二名を拉致されてしまう。大失態である。英艦は人質解放の条件として、大量の薪水食糧を要求する。ふと見上げてみると、主檣(メイン・マスト)にはいつの間にか高らかと英利西国旗(ユニオン・ジャック)が棚引いているのであった。

久々の和蘭陀船入港と聞いて、料理店も遊郭もお客に溢れている。しかし無断上陸した水兵たちは近隣の漁村で住民に暴行を重ね、女性を強奪してゆく。伝右衛門一行を乗せた艀船は水兵と交戦し、船が転覆し全員が死亡。伝右衛門は真正面から眉間に銃弾を喰らって即死であった。伊王島沖を漂流しているところを発見された一行の遺体は、島で荼毘に付されることになる。

一連の事件に奉行所は大騒ぎとなる。図書頭としては、一七〇年にわたる和蘭陀との信義を守るためにも英艦の要求を受け容れざるをえない。無事太平の御代のことゆえ、長崎には英艦撃沈の軍事力はない。大村、鍋島に援軍を求めようにも、時間的にとうてい間に合わない。

結局、保次郎がふたたび海上に艀船を出し、交渉に当たることになる。和蘭陀人人質の返還を渋るフェイトン号に向かって、彼はみごとに啖呵を切る。日本は仁義礼譲を尊ぶ国柄ゆえ、他国にもそれを希望する。だから貴艦の無礼をあえて咎めず、航海時の困窮を救うため薪水食糧の供給を許可したのだ。人質の即刻引き渡しを要求する。この堂々たる要求に英艦はついに折れ、人質を返還するとそのまま去ってしまう。このとき後に判明したことだが、秘かに保次郎を慕う村娘お品は、彼が海上で談判をするに際し、もし双方で火花を散らすことになればいつでも火縄銃を発砲できるよう、金貸明神岬の山頂で岩の上に腹這いになりながら監視をしていた。

保次郎の行為は評価される。外国人と喧嘩をしないものと代々馴致されてきた長崎の地にあって、よくも堂々と主張を通したと、大先輩の老通詞末甚に褒められる。もっとも長崎側が一矢も報いることができなかったことは事実だ。役人たちは英艦の退路を封鎖するため筏を準備し、焼き討ちのときに乾草に煙硝を忍ばせ爆発を狙うという程度のことしか計画できなかった。この情けない作戦を耳にして、保次郎は一隻の軍艦も持たないことの悲しさを感じる。末甚は、外国船の来航は初めてではないし、今後も頻繁に来る、と語り、「来るたんびに、乾草の掻集めか？（中略）文化五年の今日、枯草を用いて戦争するなんて、滑稽じゃないか？」と、保次郎に同意する。

ここで老通詞は、さらに恐ろしい秘密を彼に告げる。戦死した伝右衛門は実は松平図書頭が若き日に儲けた隠し子であり、瓊庵の娘三千代との縁談が進行していたのだという。保次郎はこの話に衝撃を受ける。

長崎の街角ではより深刻な事態が起きている。瓊庵が伝右衛門の骨拾いに列席を拒んだというので、彼こそは英艦に焼打ち計画や隣藩からの出兵を知らせた売国奴であるという風評が、あたりかまわず蔓延するに至ったのだ。伝右衛門の遺骨の前で弔辞を述べた保次郎は、瓊庵先生を救出せんと血気に逸る。それを見た末甚は「大渦巻の淵に向かって突進する御貴殿を、一歩手前の巌頭で引き止められる者は、もはや御貴殿自身のほかにない」と諭す。こうしたなかで図書頭が不祥事の責任をとって切腹してしまう。遺書を託された保次郎は途方に暮れてしまう。

瓊庵は邸にいたところを襲撃される。天誅組の頭目は「火葬場の隠亡」勘司といい、仁王のように逞しく、口まで垂らしたざんばら髪の間から牙が覗いているという怪物的な巨漢である。保次郎が駆け付けてみると、邸のなかは乱雑に破壊され、生血が膠（にかわ）のように窓枠にこびり付いている。だがこれは瓊庵の血ではなく、父を助けようとする三千代の発砲に傷ついた勘司のそれであった。骨董屋の糸岐屋総兵衛は、空き巣狙いよろしく、瓊庵の館から貴重な宝物を盗み出す。

　保次郎は苦心して瓊庵の秘密の隠れ家を探り当てる。彼はここで、「鈍い金色の後光（グロリオル）の中の童神像」のような謎の少年に出会う。どうやら三千代は大村湾西隅の村に避難したようだ。村には不思議な稲荷修験者が穴居人（トログロダイト）のように隠遁していて、彼女を無事に保護していることが判明する。

　瓊庵は保次郎に「この港市（まち）は日本の窓だ。ここから世界の光がさしこんで来るたった一つの窓だ」と語る。風評を含むすべては奸臣的野（まとの）内記（ないき）の陰謀であった。勘司は入牢中の身であったが、図書頭の死後、内記の手で瓊庵殺害を条件に釈放されたのである。瓊庵は「この市が私にくれる特権も利益も、捨て去ろうと決心したからには、墳墓の地とて、何の未練執着があろうか！」と宣言し、娘を連れて蘭領印度（ジャガタラ）へ亡命する決意を述べる。ここに和蘭陀の士官補で甲必丹（カピタン）秘書のメッツベルが現われ、対話に加わる。出島にはオランダ人ばかりか、秘密裡にドイツ人外科医もオーストリア人植物学者も、またさる国の亡命客もいるのだが、「いずれにしても、日本を啓発する点から見れば、彼ら異国人は尊い指導者なんだから、むやみに詮議だてをして、追放処分に付するよりは、大目に見逃して置くべき秘密ではないか」と、彼は提言する。

　奉行所に戻った保次郎は内記から、ただちに江戸に向かい、主君夫人に事態の一部始終を説明せよという厳命を受ける。これで長崎も見納めかと、保次郎は観念する。
すべては終わろうとしている。市内では乞食と「隠亡」が集結し、売国奴瓊庵を殺害せよと騒ぎ出した。瓊庵はついに発見され殺害された。それを保次郎に告げる三千代は、もはや一人になってもメツベルに従い蘭領印度に渡るという。彼女は別れぎわに、亡姉が和蘭陀人の夫から与えられたという指輪を保次郎に渡す。街角は大混乱に陥り、暴徒の跳梁の前に、瓊庵の弟子保次郎の身さえ危険に晒されてしまう。

このとき、突如として巨大なハリボテの人形「おらんださん」が出現する。

「騒然たる喚声だ。大通りに出る瞬間、曲がり角から崩れる群衆の中に、雲突くばかりのものを彼（保次郎）の眼は捉えた。黒々と光る高帽子！ 魁偉（かいい）なる顔！ 雄大な鼻！ 青い頸布！ 燦たる黄金肩章（パスマンテリー）！ 真紅（しんく）の胸衣！ 色（いろ）あざやかな上半身に激しい日光を浴びて、厳かに銃を持つ、和蘭陀士官の毅然たる巨像を！」

群衆はこの尋常の木偶（でく）ではなく、「鬼神（おにがみ）が乗り移ってる」魔物の人形の出現に狂喜する。それは古賀の人形師九作が、保次郎の和蘭陀人形を手にして以来、取り憑かれたように昼夜を忘れて製作した巨大な複製であった。内部に潜り込んで操縦しているのは、九作本人である。家々の戸口から人々が先を争ってこの「押天的巨人（タイタン）」を一目見ようと飛び出すので往来はますます混雑し、壮大なカーニヴァル的光景となりつつある。見世物（スペクタクル）が絶頂に達したとき、巨漢勘司に向かって小柄な少年が遮二無二飛びかかり、ついに彼を小刀で刺殺する。「西利伊地亜（フィリスチア）のゴライアスより獰猛な人間は、羊飼いのダビデより華奢な、白皙（ママ）の少年に屠られたのだ」。
だがこの快挙の直後、雑踏のなかで保次郎を狙って発射された弾丸が、かたわらのお品の胸に当たる。お品は保次郎への愛を告白して死に、洋装芸妓の寿々子は、彼の不人情を詰る。そこへ件の少年が現われ、「Laus Deo! 仇は討ち取りました！　あなたのお助力で、悪魔は冥府の火の河に追いやりました。この市はまた今日から、平和の女神のお手に還るでしょう」と宣言する。この少年こそは瓊庵の長女と和蘭陀士官の間に生まれた混血児で、彼はみごとに祖父の仇を討ち取ることに成功したのである。

全体の粗筋を紹介するのに紙数を費やしてしまったが、『おらんださん』は実に痛快な、波瀾万丈の物語である。わたしは先に黒石の短編を夢野久作との類似において論じたことがあったが、この長編を読み終えたときの印象は、石川淳の戦後の長編における荒唐無稽な祝祭のあり方や、久生十蘭の短編における衒学趣味に近いものがあるということだった。唐突に十蘭の名前を出したことについては説明が必要だと思うので、以下に記しておきたい。

たとえば小説の冒頭、保次郎が訪れる瓊庵の邸宅の描写を引いてみよう。

「赤蜻蛉が群がり飛ぶ夏草の中に、頭砕け足折れた高浮彫の女像柱が打ち倒れ、燭台の破片らしい古青銅が転がっている、切支丹ドウトノ・サンタ寺址の、崩れ落ちた回壁に沿って、立山首塚へうねり登る、勾配の急な狭い石坂の中程から左へ折れ曲がると、古風な弓形の門がある。Rose of

Sharonという見事な木槿（むくげ）の老樹が、純白の花を撓（たわ）わに粧って門の上に掩い被（かぶ）さり、一歩入れば広い庭で、白粉（おしろい）の花に埋まる甃路（しきいしみち）を、邸（やしき）の正面（ファサード）に突き当たる手前から右転してゆくところに、書室と客間がある」

古代ローマの廃墟を好んで描いたピラネージを思わせるバロック的な廃墟趣味が、文章の隅々にまで充溢している。それはいうまでもなく、かつての切支丹弾圧の痕跡である。黒石はみごとな衒学趣味を駆使し、日本語に固有のルビに訴えながら、歴史的な時間の枠組みのもとに風景を描写している。

保次郎が足を運ぶ奉行所の南庭はどうだろうか。

「銅座の南に唐人屋敷、関帝廟（かんていびょう）を、江戸町の西に和蘭陀商館を、およそ四十五度の視角に収める狭い台地（テラス）だ。主檣に獅子（しし）旌旗（せいき）を揚げ、舳に火狄尊者（エラスムス）の像をもつ南蛮船の青銅模型が地銭（ぜにごけ）の蒼い花崗岩台座の上の、藤壺だらけの船板で作ったΛ（ラムダ）字形小舎の中に坐っている。前（さき）の奉行時代に蘭船の齎（もたら）した土産で、一八〇〇年代に於ける、西欧船舶建築の標本として価値あるものという。これを中心に、竹の縁台が円弧を描いている。「享楽主義者（エピキュリアン）の子孫」たる役人（リンペット）達は、昼食後の休憩に、ここに集まって雑仕の配るお茶を飲む」

長崎がこの時期に享受していたエスニックな多様性を視座に収めながら、それに飽き足らず、複数の言語を文中に採り入れ、世界の寛容を説いたルネサンスの文人エラスムスに言及。さりげなくアナトール・フランスの名文句にも訴えるという、真に心憎いまでのコスモポリタニズムがここには実現されている。

最後に、保次郎が足を向ける料亭での献立を引いておこう。

「水母（くらげ）の三杯酢が酒の肴で、紅魚（べにざし）の南蛮漬を口取りがわりに、鱧（はも）の皮の牛酪（バタ）焼と、鮪・人参・里芋の雑多煮（メランジュ）に香辛をかけた飛花奴（ピカド）」

まさに和・中・洋と、世界中の食材と調理法の粋を凝縮したかのようなメニューである。長崎の卓袱（しっぽく）料理が日本料理史のなかで占める位置の重要さはさておくとして、これはもはや言語の「雑多煮（メランジュ）」であり、饗宴であるといえる。

こうした引用から窺われるのは、黒石が生地長崎を複数の文化と言語が交差するユートピアに見立てていることだ。ユートピアはイギリスの軍艦に代表される西洋植民地主義によって、風前の灯に似た危機的状況に置かれている。さあ、どうすればよいのか。

私見であるが、結末部で町中が無秩序の混沌と化したとき、突如として出現する巨大なハリボテ人形「おらんださん」とは、台湾の城隍廟（じょうこうびょう）に祀られ、祭礼の日に街角を練り歩く七爺八爺（チーヤペーヤ）の巨像に想を得たものではないかという気がする。事実、長崎最古の唐人寺である崇福寺の海天門には、現在でも城市の守護神の護衛であるこの二人の将軍の像が置かれており、長崎の民衆は彼らを「ちーや・ぱーや」と呼んで、長らく親しんできた。おそらく黒石は幼少時に立ち会った祭礼の記憶に基づいて、この驚異的な光景を創造したのではないだろうか。

『おらんださん』においてもうひとつ注目すべきなのは、三千代、お品、寿々子という三人の女性がみごとに造形されていることである。

不思議な威厳をもち、長崎中の青年の憧れでありながら、次々と到来する求婚者を拒み続ける三千代。彼女は「二つの耳環が金色に揺らぎ、白い襯衣（シャツ）の襟を鋏む、沢桔梗（ロベリヤ）の花の留針（ピン）が眩しく光った」という姿で描かれる。それに対し、小鳥のような笑顔をもち、善良無垢にして人懐っこいお品は、保次郎を守るためには銃を持つことすら厭わない。そんなお品の気持ちに気づかない保次郎を見て、万歳楼の「花形芸妓（プリマドンナ）」寿々子が憤る。彼女は持ち前の「お俠（きゃん）」な性分を発揮し、三千代に短刀を送りつけ、保次郎の気持ちをお品に向けようと試みる。こうして三様に強靭な意志と美貌をもつ三人の女性が、アマゾネスのように保次郎を取り囲んでいる。黒石は「恋を賭くる女」から「葡萄牙女の手紙」まで、運命に翻弄され、身寄りもなく放浪して行く脆弱な女性たちを描き続けてきた。『おらんださん』の女性描写はその彼にとって初めての試みであり、企てはみごとに成功している。

最後に瓊庵の孫にあたる不思議な少年についても触れておきたい。三千代の姉と和蘭陀人との間に生まれたこの少年は、利発にして美形であり、勇気と知恵に満ちている。この混血少年を造形するにあたって、黒石がそこにもう一人の、ありえたかもしれぬ自分の他我を投影していたことは、まず間違いのないところだろう。この少年こそは、複数の言語と文化の「雑多煮（メランジュ）」である長崎という城市の化身である。

『おらんださん』によって黒石はみごとに小説家として復帰した。とはいえ、不運なことに、この作品は一向に評判にもならず、黒石の文壇復帰は実現されなかった。刊行してひと月もたたず真珠湾攻撃がなされ、日本は戦時体制に突入していったからである。

十八　戦時下の著作

一九四一年（昭和十六年）に久々に長編小説『おらんださん』を世に問うた黒石は、日本が敗戦を迎えるまでの間に、その版元である大新社から四冊の著書を刊行する。『山の人生』、『白鬼来（パイクエイライ）　阿片戦争はかく戦はれた』（以上、一九四二）、『草の味』（一九四三）、『ひな鷲わか鷲』（一九四四）である。また霞ケ関書房から一九四二年に『露西亜文学史』を再刊する。出版事情が日に日に悪化していくなかで、これは稀有なる幸運であった。

『白鬼来』は、一九四〇年が阿片戦争開戦から百年に当たっており、それに合わせた出版企画であったように思われる。軍国主義下の日本では、阿片戦争とは西欧列強によるアジア植民地化の策略であり、現下の日本のアジア侵略は、その暴虐からアジアを解放する大義に基づいていると説かれていた。マキノ正博（雅弘）が監督した東宝映画『阿片戦争』（一九四二）を観ると、いかにもかかる国策イデオロギーが透けてみえる。黒石の小説も同様で、目次には次のような言葉が掲げられている。

「伝記と夢にだけ出て来る世にも恐ろしき白鬼!!　この恐るべき白鬼が百年前に東洋に現れた。

英国がそれだ。奴は女王・インドを一たまりもなく其の毒牙にかけ、眠れる老大人・支那の心臓に鋭い爪を打込んだ。阿片戦争がそれだ」

物語は天保十一年(一八四〇年)の長崎から始まる。樵山人(しょうさんじん)なる武士が外科医道斎(どうさい)のもとを訪れ、清国とイギリスとの間に生じた戦争について唐通詞(からつうじ)の鶴仙から講釈を受けている。そこで舞台は一転して一年前の清国広東に移る。林則徐(りんそくじょ)による戒厳令下、阿片の摘発が行われている。密売人の一賓(イーピン)は阿片征伐隊の銃弾に倒れ、妹の花春(ホワチュン)は林則徐暗殺を狙うテロリスト団に加わる。やがてイギリスと清国の間で戦争が勃発。暗殺は失敗し、花春は姉を頼って長崎に密航。だが運悪く、外科医道斎の手で誤って殺害されてしまう。

美少女テロリストというのはいかにも黒石好みの設定である。もっとも語りのなかに突然、作者がそれを書いている時点でついに皇軍が広東を占領したことが告げられ、「阿片戦争は大東亜戦争の序曲」であるといった文章が飛び込んできたりする。ただそれがいかにも取ってつけて挿入したといった印象がある。推測するに黒石は『老子』二部作のような活劇を描くことを主眼としていたが、時局を慮(おもんぱか)る出版社から要請されてそうした一節を加筆したのではなかろうか。

『草の味』(1943)

『草の味』は表向き実用書のように見える。日本にはまだ食糧として有用だと知られていない草木があまりに多い。だからこれを研究して食用にしない手はないという姿勢のもとに執筆された著作である。一方、『ひな鷲わか鷲』は少年飛行兵の活躍を描いた児童小説である。いずれもが初版五千部。おそらくは軍関係の縁故を頼って用紙を調達し、相次ぐ空襲の間を縫って印刷されたのであろう。この二著について記しておきたい。

『草の味』は「糧ハ敵ニ拠ル」という『孫子』の引用から始まる。戦場にあっては、その土地土地で生産され貯蔵された食糧を利用するのが兵法であるという意味である。戦局が傾きだし食糧配給が思わしくなくなった一九四三年の時点にあって、それはこれまで救荒食物と見なされていた山野の草、水辺の草を採集調理し、従来の食糧の代用品として実用化することを意味していた。「決戦生活に於ける国民の体位向上が、嘗てないほど真剣に叫ばれてゐる今日」、それは急務であると説かれている。

「日本は世界の中でも、支那、印度に次ぐ有用食物の豊富な国で、食用に供するものも頗る多いのである。これらの食用食物の研究は、農山村凶作の場合は、勿論のことだが、戦時に於ける軍事上にも、大いに必要であり、銃後の国民にとつても、等閑に附してはならぬものである。食用植物のなかの、山草野草について言ふならば、その中には、単に食へるだけではなく、人体に対する栄養価値の上から見ても、味覚の点から見ても、田園に栽培する蔬菜(あをもの)に劣らぬものが少くはないので、大きく考へると、これが採集は、食料増産の一助ともなるのだから、おろそかには出来ないわけである」

とはいうものの、本書を読み進むうちに判明してくるのは、「決戦生活」や「食料増産」などといった言葉は出版許可を得るための表面的な理由付けにすぎず、著者がいささかも信じていないという事実である。黒石が真に描きたかったのは、味噌汁に薊の若葉を入れたり、高山植物のイワタバコを茹でて醤油で食べるといった、農民の粗末な食事への共感であった。

「都会人よりも、原始人時代の人間生活に近い山民は健康である。己れの生れ育った土に、生れ育つものを食べ、身心を養ふことが摂生に適ふ自然の生活となるからである。彼等は万生の母体である大自然の懐に抱かれ、育まれた自然児である」

黒石はこうしたユートピア的自然崇拝に立脚して近代の食を批判し、都会の生活の不健康と悲惨を指摘する。本書の読者にはもはや説明するまでもないであろうが、ここには農村に隠遁して自然への回帰を索めたトルストイの影響が窺われる。

『草の味』には数多くの植物が食用可能だとして掲げられている。まず実を食べるものとしては、ヤマブドウ、エビヅル、ムク、グミ、コケモモ、イナゴマメ、マタタビ、サルナシ、カシワ、クヌギ、シイノキ、アオギリ……。草花では、ナズナ、タネツケバナ、ヨメナ、チサ、タンポポ、ヒユ、オオバコ、ヒルガオ、ノビル、ツルナ、ハコベ、アカザ、サンゴジュナ、マツナ……。また葉や茎、花では、カワラマツバ、ヤマウド、タラノキ、ウコギ、サイカチ、クサソテツ……。リストはまだまだ続き、わたしには耳に馴染みのない植物も少なくない。だがある時期から山間的人間であることを選び、植物採集と写生に情熱を注いだ黒石にとって、それらがいずれも親しいものであったことは推測がつく。

だが本書は単なるレシピ集ではない。こうしたリストの背後には、山中の集落を訪れ、農民と親しく気に語りあった黒石の、豊かな食体験が控えている。上信越の貧しい村で出された、蓬の葉を搗き砕いて混ぜ、蒸しただけの蕎麦。霧積温泉で朝食に供された山羊の乳と鬼百合の鱗茎(たまね)。草津からの山道で発見し、根に土を付けて自宅へと持ち帰った山干瓢。そして植物が切っ掛けとなって山歩きの途上で出会った人々との対話。『草の味』は一見時流に沿って代用食を勧める書物のように見えながら、その実は戦時下の刺々しい世相を厭い、大地自然のなかでの悠々たる生活を説くといった書物である。先にトルストイの名を掲げたが、本書の背後にはもうひとつ、老子哲学の存在を指摘しておくべきだろう。

『ひな鷲わか鷲』は一九四四年二月に大新社から刊行された。結果的にはこれが、黒石が生前に出した最後の書物となった。

「鷲」とは航空兵であり、「ひな鷲」や「わか鷲」は少年航空兵を意味している。いずれも当時の国策メディアが頻繁に唱えていた言葉である。土浦の予科練学校に学ぶ少年たちを描いた東宝映画『決戦の大空へ』(一九四三)では、原節子が居並ぶ訓練兵たちの前でピアノの前に坐り、「若鷲の歌」を歌う。大映映画『雛鷲の母』(一九四四)では、わが子を少年航空兵として送り出した杉村春子の、ふと思い出すような一抹の寂しさが描かれている。『ひな鷲わか鷲』の刊行は、『雛鷲の母』が文部省と情報局の推薦を受けて公開された、わずか一か月後である。私見であるが、黒石は『決戦の大空へ』に描かれている予科練の少年たちの訓練の映像を大いに参考にしている。『ひな鷲わか鷲』の表紙は、航空隊の軍服を着た青年である。

正直にいってわたしはこの本を発見したとき、いくぶん複雑な気持ちになった。トルストイの徒として国家に帰属することを頑として拒み、世界市民たることを主義としてきた黒石が、戦争末期にこのような書物を著していたとは予想していなかったのである。これまで黒石を論じた者たちは、はたしてこの小説の存在に気付いていたのだろうか。本書に言及した論考は、わたしが知るかぎり存在していない。

この小説は三部から構成されている。前篇では欽吾という青年が、故郷新潟の長岡の農村に戻って来る。彼は富裕な旧家に生まれ、村の誇りとして上京し、今はＴ大学に通っている。彼の気懸りは、村からはまだ一人も「大空の荒鷲」が出ていないということだ。欽吾は叔父でありかつての恩師でもある山田老人に挨拶にいく。今では校長となったこの人物の前で、自分は大学を卒業後海軍飛行兵の採用試験を受けるつもりだというのだ。

欽吾は故郷を歩いていて、後輩の二人の少年が喧嘩をしているのを仲裁し、ある話を聞かせる。その昔、会津の小鉄という男がいて、仲が悪くて有名だった男が自分よりも先に戦線に赴き、敵を前に自爆した。小鉄はこの勇気ある行動にひどく衝撃を受けた。彼は男の遺影を胸に抱きつつ戦場に向かうと、敵の戦闘機を次々と撃ち落とした。二人の少年は欽吾の話を聞いてすっかり感動し、喧嘩のことを忘れてしまう。

だがここに、もう一人の少年、嘉介が現れる。嘉介は幼い頃に川で溺れかけたところを欽吾に助けられ、今でも彼を兄のように慕っている少年だ。彼は欽吾に、航空兵に志願したいのだが、母を独り残していくのが気懸りだという相談をする。彼は欽吾に勇気づけられ、土浦の霞ヶ浦海軍航空隊で予科練の試験に合格する。

中篇は三等航空兵となった嘉介が、面会に来た山田校長から飴と饅頭と慰問袋を受け取るところから始まる。嘉介の口を通して、土浦の訓練と生活が説明される。嘉介は欽吾の近況を知りたく思うが、南方の戦線に向かったという以上のことは山田にもわからない。

後篇はいよいよ南海の戦場である。ソロモン群島で海軍航空部隊はめざましい戦いぶりを展開している。嘉介はいよいよ正式の航空兵になった。これからルビアナ島の敵軍基地へ爆撃に向かうところだ。兵士たちは意気揚々としている。爆撃は成功裡に終わるが、嘉介の機はグラマンの銃撃を受け、孤島に不時着してしまう。嘉介たち日本兵は、島民たちに歓迎される。彼らは「皇軍」を白人支配からの解放者だと語る。信じられないことではあるが、嘉介は島民の集落で欽吾に再会する。欽吾は不時着後に病気になり、島民たちの手で介護されていたのだった。やがて彼らを救援するために、日本軍の船が到来する。

戦後七〇年以上が経過し、大岡昇平から水木しげるまで、数多くのテクストを通して、われわれは南方の戦線で日本兵が体験した悲惨な現実を知っている。今日的立場からすれば、『ひな鷲わか鷲』が皇軍の戦争遂行のために執筆された、イデオロギー的な書物であることは疑いを容れない。この児童読み物の目的は明らかである。それは読者として想定された少年に土浦の海軍航空隊と予科練について情報を与え、彼らの憧れを喚起させ、入隊へと誘導することにあった。その意味でこの小説は、当時いくらでも創作されていた軍国主義賛美の少年物語のひとつであり、本質的にきわめて凡庸なものである。『草の味』ではまだ随所に顔を覗かせていた黒石の衒学趣味はもはや許されていない。ただ模範的な設定のなかで、模範的な教訓話が披露されるといった印象しかない。問題はそれを、『人間開業』や『老子』の作者が執筆したところにある。これはひどく不幸な事態であった。

ちなみに黒石は、『山の人生』や『露西亜文学史』までは「大泉黒石」という筆名を用いてきたのだが、『草の味』『ひな鷲わか鷲』の二冊は、本名の「大泉清」を用いている。このことの意味を考えてみなければならない。

ただちに考えられるのは、当局から「黒石」などという不埒な筆名を用いることを禁じられた可能性である。だが私見では、黒石は生活の資のために執筆されたこの二著を、『露西亜西伯利　ほろ馬車巡礼』から『俺の自叙伝』を経て、『老子』や『人間廃業』へと続く、文学者黒石の作品系列のなかに収めたくなかったのであろう。それを著したことを恥じていたとまでいえば極言になるが、少なくとも国策イデオロギーに寄りそう形で執筆された『ひな鷲わか鷲』に対しては、作者として距離を保持しておきたいと願っていたのではないか。

いささか深読みをしてみるならば、あるいは黒石は、獅子文六が本名である「岩田豊雄」の名で『海軍』(一九四二)を発表し、それがベストセラーになったことを知っていた可能性もないわけではない。黒石がロシア帰朝者であるように、獅子はフランス帰朝者であり、『悦ちゃん』のような明朗家庭小説が話題を呼んでいた。『海軍』は薩摩隼人である青年が憧れの海軍に入隊し、みごと真珠湾で戦死を遂げるという物語である。獅子としては、時局に迎合し自分の作品系列にそぐわないこの小説を執筆するにあたり、本名という名の別名を用いたのである。いずれにしても黒石も戦中の二著を、戦前の文学作品から切り離しておきたかったのであろう。

だがさらに想像を逞しくしてみよう。なるほど日本とソ連は戦時中に中立条約を締結しており、外交的にはまだ敵国ではなかった。とはいえ日露二民族の血を受けた黒石は、もし状況が暗転すれば、たやすく敵国人であるとか、またスパイであるといった風評の犠牲となり、危険な目に遭いかねない立場にあった。黒石の次男灝は父親を回想して、次のように書いている。

「その頃猛威を振って居た異端者狩りに引掛からなかったゞけでも幸いとしなければならないであろう。出版物の内容から彼を引捕える種が見付からなくても、黒石が鬼畜米英的な容貌をして居ると云うだけで、世間から隔離する理由が充分あると粗暴な頭脳をサーベルの上に載せて居る軍人とその手先どもが考える惧れがあった」(大泉灝『赤い泥鰌』)

こうした寄る辺ない状況にあって、黒石が身の保全のため、ひとまず『ひな鷲わか鷲』を執筆しておき、これをもって時の国家主義者と軍人のための通行手形に替えたのではないかと、わたしは推理している。「清」という本名の採用は、これは黒石の著にあらずという意志表示とみるべきだろう。

十九　戦後の零落

一九四五年（昭和二〇年）、日本の敗戦を、黒石は五一歳で迎えた。
肝胆相照らしあった辻潤はすでにその前年、人知れず餓死していた。黒石を文壇から引き摺り下ろすのに功あった久米正雄は、日本文学報国会の事務局長として活躍しており、村松梢風は日本の中国侵略を讃美し、「支那通」として健筆を振るっていた。では黒石は何をしていたのだろうか。次男灝の回想の言葉を引いてみよう。
「黒石は立派に生きて居たのである。そもそも彼の思想は右でもなく左でもなく、又中庸でもなかった。彼の我侭は思想でさえも自分の上に覆いかぶさることを嫌った。何ともとらえ所のない思想を虚無思想と云うのならそれに該当するのかも知れないが、兎に角私の視たところ何も無いらしいのであるから、戦争と云う波が黒石に打ちよせても、彼には動揺す可き何物も無かったのである」（大泉灝、前掲）
日米が開戦した翌年、一九四二年頃に、黒石は長年連れ添った美代夫人と離婚している。ふたたび大泉灝の回想から引用すると、母親から「あの人とは別れましたよ」という言葉を聞いたという記述があるばかりで、正確な日付は不詳である。黒石は「お弟子と云うかファンと云うのか、或る若い女性」に出会い、中央線沿線のある町で同棲を始め、その後横須賀へ移った。菊地某と名乗るこの女性は、年齢はおよそ四〇歳。黒石を「先生」と呼んでいた。「地味な和服を着ていたその人は能面の様に白く無表情な顔をして居て、挙措言葉遣いともに静かな、そして何となく妖気を感じさせる人」であったと、灝は記している。

離婚の原因がこの菊地某なる女性にあったのか、それとも美代の積年の鬱屈にあったのかは判断しがたい。文壇を追放された作家は酔うとしばしば家族に乱暴を働き、そのため子供たちは父親の帰宅時間が近づくと避難するという事件がたびたび起きていたからである。一家で交番に駆け込んだこともあった。黒石の三女澧（レイ）によれば、すぐ下の弟滉は幼い頃に庭に穴を掘り、毒薬で父親を殺害する計画まで立てていたという。

ともあれ黒石は新しい愛人と新居を構えることになり、急遽生活の資を拵える必要に迫られることになった。戦時下に彼の著作が次々と刊行されたのには、ひとつにはこうした事情が働いている。一方、美代夫人は離婚の後、しばらく一家を引き連れ、長野県上田の奥の村で疎開生活を送っていたが、敗戦の直後に東京に戻ると、持ち前の生活力を発揮し、たちまち滝野川に持ち家を獲得、一家の再建に情熱を燃やした。闇市のごった返す戦後社会のなかで生き延びるためには、黒石のことを振り返る暇はなかった。

日本が敗戦を迎えると黒石は外務省に赴き、進駐軍の通訳官の職を得た。行く先は横須賀の米海軍基地である。最初の仕事は日本海軍の軍事施設の破壊に立ち会うことであり、やがてアメリカ兵のために図書館を創設するという作業へと移った。兵舎は上陸直後のアメリカ兵で混雑していた。三年前から横須賀の住民となっていた黒石は、コーヒー、砂糖、洋酒に不自由しないと知って、ただちにこの仕事を引き受けた。自宅とは別にキャンプ・マッギル、つまり旧武山海兵団の宿舎に居を構え、仕事の余禄としてコーヒーとウィスキーにありついた。彼はこの宿舎を「兵隊屋敷」と呼んだ。

海軍基地で一年半を過ごした黒石は、次に旧陸軍騎兵第五連隊の施設に移った。サンフランシスコ講和条約が締結され、進駐軍による家屋接収が解除されると、彼はSPB(特別調達庁)の仕事を引き受けた。接収された家屋を元の所有者に返却するにあたり、土地面積を正確に測定し、家屋の破損について報告をするという作業である。

一九五三年、朝鮮戦争が一応の休戦を迎えたころ、黒石は兵隊屋敷を去った。米軍基地は勝手知ったる場所となり、兵隊から将校にいたるまで、多くの知人ができた。水兵が軍艦から秘密裡に持ち出したさまざまな食糧、コーヒー缶から洋酒までを横須賀の洋食品店に横流しすることなど、すでに児戯に等しいこととなっていた。

米軍基地での通訳は、黒石にとって日活以来、二十数年ぶりの就職であった。彼は九年数か月にわたって米海軍基地に勤務し月給を支給された。

敗戦国の国民である以上、当然のことながら屈辱的な体験もあったはずである。二〇年前には総合雑誌の目次を飾り、何冊ものベストセラーが話題となった作家としては、戦後に雨後の筍のように現れ出た新雑誌に売り込み、往時のように多忙な売文生活に復帰することを夢見たこともあったかもしれない。だが彼はもはや文筆の道に戻ることをやめ、寡黙に通訳に徹する日々を過ごすことを選んだ。

一九五〇年のことである。黒石は突然、滝野川の美代の家を訪れ、そのまま居候を決め込んでしまった。とんだ「父帰る」である。かつての妻子にむかって気弱そうに挨拶をする父親を見て、灝は、彼がどのようにしてこの家を嗅ぎ当てたのかを不思議に思った。

「あなたは現在(いま)何しているんですか？」と美代が尋ねると、黒石は尻ポケットから折り畳んだ新聞紙を大事そうに取り出し、それを拡げてみせた。四年前に『朝日新聞』に寄稿した小文の切り抜きで、欄の隅に「通訳官」という肩書が記されていた。どうやら菊地女史と喧嘩をして、家を飛び出してきたらしい。「可哀そうな人なら助けなくてはなりませんね」と美代がいい、黒石は居候を認められた。彼は緑色の小さな風呂敷包みのなかに、下着と原稿用紙と鉛筆を忍ばせていた。ささいなことではあるが、原稿用紙を持参していたというのは、この零落の時期にあっても、黒石がいまだに何かを書くという意志と情熱を保持していたことを意味している。

こんな風にして黒石は滝野川に滞在した。気が咎めるのか、朝には門の前を竹箒で掃いていることもあった。家族の誰も彼に話しかけようとしなかった。二週間ほどしてふっと出て行った後も、それが話題になることはなかった。あるとき灝の元に葉書が舞い込み、文面にはアルコールが大量に入手できたから取りに来るようにとあった。

灝は横須賀の家に父親を訪ねていった日のことを記憶している。家は横須賀港を一望のもとに見下ろせる小高い丘の上にあり、石段を相当に登らなければならなかった。幅四メートルほどの道路に面した三間ほどの家で、裏は雑木林になっている。途中で一息入れるために立ち止まった灝は、秋の陽に美しく輝いている港を眺め、「親父は子供の頃こんな丘から長崎の港をながめていたんだな」と思った。

長い戦争と戦後の混乱ですっかり憔悴しきっている父親を想像していた灝は、現れ出た黒石が血色よく、静かな微笑を湛えているのを見て、いささか拍子抜けした。かつて怒りに任せて夕食の卓をひっくり返し、母親を深く悲しませた暴君の姿はそこにはなく、代わりに屈託のない柔和な表情の父親がいた。通された部屋には立派な机と二脚の椅子、それに書棚があり、台所には女性の気配がした。ほどなくしてその女性が、アルコールが入っていると思しきサイダー瓶とグラスを盆に載せて運んできた。灝は妻子のもとを離れて独り暮らしなどとうてい出来そうにない父親のために有難い人であると、素直に感謝の気持ちを抱いた。

黒石は息子に向かって、自分が今いる部署は待遇がよく、将校待遇の食事が出るのだといった。息子には、これまでいかなる苦境にあっても勤めるという考えを持たなかった父親が、よりにもよって日本人が好まない進駐軍に職を得て、かくも嬉々としていられるのが理解できなかった。だが親子で酒を嗜んでいるうちに、少しずつその理由が解けてくるような気にもなった。「進駐軍は白人社会であると云うことであった」。

さりげなく書かれているのでつい読み飛ばしてしまいそうになるのだが、この灝の指摘は黒石の戦後を考えるときに重要であると、わたしは考えている。というのも横須賀の米軍基地において、彼は初めておのれの容貌に特異な眼差しを向けられることのない場所に到達したからである。

先に「代官屋敷」という、幼少時の長崎での思い出に基づいた短編について触れたことがあった。この作品の主人公は行く先々で「異人の子」と罵られ、小学校でも手酷い虐めにあって、ついに通学を諦めようと決意したりする。たとえいくら日本語が達者であり、日本国籍を有していたとしても、西洋人らしい外見はつねに人の注目を惹いた。彼はそのたびごとに一人ひとりに対し自分の来歴を説明しなければならず、生涯のある時期からはそれに深い諦念を抱くようになっていた。とりわけ戦時下において、彼は外出のたびごとに敵意をもった眼差しに耐えなければならなかった。そこにそうした気遣いがいっさい不要な空間として、進駐軍基地が出現したのである。おそらくアメリカ兵たちは黒石のロシアという出自にも、その高度な教養にも、関心を抱かなかったはずである。彼らにとって眼前にいる通訳は、自分たちと同じ白人の目鼻立ちをし、自分たちと同じように英語を話す人物というだけで充分であった。何を考えているのかいっこうに表情を読むことができない日本人の通訳に比べ、おそらく黒石は日本語が堪能な上に気心が知れ、信頼の出来る「白人」だと見なされ重宝したのであろう。来歴をめぐる無関心は、黒石を緊張から解放するのに充分であったと推測できる。日本社会においてつねに有徴 marked の存在であったこの混血児は、ここで初めて無徴 unmarked であることの自由を、身をもって感じることができたのだった。

　戦後の黒石はほとんど書き物を残していない。一九四六年、『東京新聞』に「海兵図書館（マリン・ライブラリー）」、『朝日新聞』の随筆欄に「銃剣（ベイヨネット）を研ぐ」という小文を寄稿したことを除けば、一九五〇年に俳句の同人誌『みづおと』に、自作の句を添えた雑文を発表したものが数点。それ以外にも何か短いものを書いていたかもしれないが、世間的にはまったく忘却された存在であった。『朝日新聞』では筆者紹介の欄に「通訳官」とのみ記されている。戦後の大新聞の記者たちには、大正文壇の貴公子の存在は遠いものだったのだろう。

「洋花」というエッセイがある。『みづおと』三三〜三四号（一九五五年六月）に分載されたもので、黒石がＳＰＢの命を受け、米軍が接収した家屋の返還交渉に赴いたときの話である。

　検討すべき家屋は横須賀から箱根まで広い範囲に及んでいて、黒石とアメリカ兵は何台もの自動車に分乗して現地へ足を運ぶことになった。鎌倉でも逗子でも、交渉相手の多くは東京に住む富裕な老女たちであり、彼女たちは天井や壁板にペンキが塗られていたり、美しく磨かれていた廊下が靴底で疵だらけになっていることに不満を表明した。床の間の高価な道具や貴重な掛け軸がなくなっているという訴えもあった。もっとも借主は何人にもわたっているため、誰がそれを持ち去ったのかは確認しようがない。彼女たちの諦めきれない訴えを、黒石は傍らのアメリカ兵に一つひとつ通訳する。アメリカ兵はただ眼を吊り上げ、肩を窄めるばかりである。さぞかし気が滅入る作業であったに違いない。

ここで大概の日本人であったなら義憤に駆られ、進駐軍兵士に喰ってかかったかもしれない。だが黒石は冷静である。敗者のナショナリズムも日本の伝統建築の破壊も、彼には遠いことであった。焼夷弾で邸宅が焼かれたと思えば何でもないことではありませんか。黒石はそういって老女たちを宥める。もっとも彼はいたるところで同じ科白を繰り返さなければならない。彼が懸命に作業をしている間、同行してきた監視役のアメリカ兵たちはしばしば何時間も姿を消した。やがて彼らはビールに酔った赤い顔をして、酒場の女性たちを自動車に乗せて戻って来た。

接収家屋の測量は、一日に一軒か二軒が限度である。結局問題となる物件の図面をすべて制作し終わるには、二か月ほどの時間がかかった。だが何としたことか。図面という図面は、専門の測量士の制作によるものではないと却下され、紙屑同然に廃棄されてしまったのである。黒石は怒り、そして落胆した。だが今さらのようにアメリカ兵のようにビールを呷り、酒場の女たちと悪戯（ふざ）けあうというわけにもいかない。そこで彼は腹いせに、庭園に咲き誇っている花々に目を付けた。

「庭園の持主が苦情を持って来たら、花を一輪下さいという量見で、兵隊が居ようと居まいと珍らしそうな草花を、片っぱしから引抜いた。ＰＸで仕入れた庭園の種を蒔いたのが、育ち上って花となったんだろう。名前は一つも知らぬが、珍らしく美しい代物（しろもの）ばかりだ。壮麗に咲き並んでいる色とりどりの草花を、根こぎにして、邸宅（やしき）の女中どもに貰った洋紙で根をつつみ、萎れないようにして持ち帰った。毎日だ。二ヶ月つづいた。文句をいう者はなかった」

横須賀から鵠沼へ、鵠沼から大磯へ、この花泥棒は次々と接収された豪邸から洋花を盗み出すと、横須賀山中にある寓居へ運び込み、周囲に植えつける。やがて日本は独立し、彼は米軍から身を退くことになる。

「アメリカ人どもの邸から失礼して、山の家の周囲に移植した洋花たちは、何うなったかというのが眼目なんだが、雨がふり雪が降るうちに、彼女たちは一つ一つ姿を消してゆき、美しい面影は、ただ私の記憶の中に生きているだけである。しかし私も軈ては亡びるであろう。いつでも思うことだが、この世の中に、いつまでも生き残るものは、無論ないだろう。私は地球と心中しないものを捜しているんだ」

アメリカ人たちが好き勝手に種をバラ蒔き、そのままにして去った跡地に、美しい花々が咲き誇っている。いうまでもなくこれは、進駐軍兵士が日本人女性に産ませた混血児の隠喩である。兵士たちは故国へ帰り、日本に残された子供たちは、最初のうちは異国の顔立ちからチヤホヤされたが、やがて日本社会のなかで深刻な差別と貧しさに直面することになった。みずからも混血の孤児であった黒石には、まだ当時は幼げであった彼らがその後にいかに孤独な、寄る辺ない運命を背負うことになるかが、手に取るように予想できた。黒石は艶やかな洋花を引き取ったのではない。彼の存在そのものが、主人を欠いて見捨てられた邸宅の庭園に咲く、美しい顔立ちの洋花だったのである。

「嫌はれて花になりけり野芹哉」

戦前に千曲川戸倉温泉に遊んだときに黒石が詠んだ句である。誰からも無視され摘まれないうちに、とうとう花が咲くまでに育ってしまった野の芹。黒石にとって花とはつねに両義的な存在であった。人目を呼ぶ異相ゆえに罵られ、排除される宿命をも、この花は携えているのだった。

一九五七年一〇月二六日、黒石は横須賀の寓居で脳溢血に倒れ、そのまま不帰の人となった。六四歳の誕生日を迎えた五日後のことである。翌朝、急報を受けた長男淳（きよし）と次男灝が遺体を引き取りに行った。「死顔は安らかであった。その時、私はふと死体から酒の匂いを嗅いだのである。私の気のせいか。若し真実であったら嬉しい。彼には酒だけが味方であったからである」と、灝は回想している。

墓は小平墓地に設けられ、「一三―四一―一四」という数字を手掛かりにすれば、誰でも簡単に見つけることができる。

二十　黒石の文学

本書も最終章となった。ここで改めて大泉黒石の生涯を振り返ってみよう。冒険また冒険の前半生と、失意から無活性に陥ってしまった後半生と、その人生は曲折に満ちている。だがそれを貫いている主題は多様である。混血という出自。ロシア文学への歴史的関心。トルストイとの出逢い。パリ体験。レールモントフへの熱狂。老子思想。屠畜業との関わり。ドイツ表現派への憧れ。怪奇幻想の嗜好。虚言癖という中傷。文壇追放。峡谷行脚。故郷長崎への思慕。中国とオランダをめぐる異国趣味。コスモポリタニズム……。さまざまな言葉が走馬灯のように現れては消えていく。一人の文学者が、いくら複数の言語に長けているとはいえ、よくもこれだけの世界の拡がりを体験し、エクリチュールとして結実させたものだと驚嘆しないわけにはいかない。ではそれらは、どのようにして相互に連結しあい、黒石の創造的宇宙を築き上げているのだろうか。

黒石は近代日本文学のなかで孤立した現象である。彼はいかなる流派にも文学運動にも参加しておらず、同時代の他の作家たちから遠く離れた場所にいる。いかなる小説家も批評家も彼のようではなかったし、彼を理解しえたためしはなかった。ロシア文学者においてもしかり。彼らは黒石を敬遠した。黒石の生涯を通じてコラボレーションを行なった数少ない例外は溝口健二であり、信頼感を寄せ合っていたのは辻潤であった。だが自叙伝にも紀行文にも、親しい小説家仲間が登場することはない。誰もいなかったのだ。

黒石はつねに例外として遇された。また彼の書くものは虚言として排された。混血児の運命とは、短期間持て囃され、やがて飽きると使い捨てられてしまう仇花だということである。同時代の文学者と編集者が彼を醜聞だと見なしたのには理由がないわけではなかった。日本語の絶対的な天蓋の下でしか書くことのできない作家たちにとって、複数の言語を何の支障もなく横断することのできる黒石とは、それ自体が理解を絶した存在であったためである。

執筆中の黒石

日本語が作り上げている狭小にして曖昧な共同体にとって、黒石とは脅威でしかなかった。当然、虚言説が出現する。黒石は本当はロシア語がまったく話せない。子供のくせにトルストイに会えるはずがない。こうした風評が意図的に流された。とはいえ虚言でない文学がどこにあるというのか。記号学以降の文学研究ではもはや常識となったが、説話行為において話者と作者とは異なった論理的階梯に属している。自叙伝は警察の調書ではない。だが私小説全盛の日本文壇は、それを理解するだけの文学観を持ち合わせていなかった。稚拙な批評眼と羨望と嫉妬とが黒石のエクリチュールを、偽善的な道徳のもとに糾弾した。

日本文学は黒石を拒絶し、黒石もまた日本文学を拒絶した。文壇に親しい知己ももたず、徒党をなすことを何よりも嫌った黒石は、そのまま文壇に背を向けてしまい、二度と振り向こうとはしなかった。

日本人と西洋人の間に混血児として生を享けたことは、それだけで黒石の万事を説明するものではない。ここで黒石の生涯をより明確に理解するために、日本文学に存在していた今一人の混血児文学者について触れておきたいと思う。

平野威馬雄（一九〇〇―八六）は富裕な親日家のフランス系アメリカ人と日本人女性の間に生まれ、十五歳にしてモーパッサンの翻訳を新潮社から刊行。詩作を萩原朔太郎に激賞されたという、「早熟の天才」であった。だが混血児差別に怒って暴力に訴え、薬物中毒に陥って精神病院に収容。病院を脱走して指名手配を受けたこともある。その波瀾万丈な前半生には、黒石と共通する点がないわけでもない。

平野は戦時下にあってスパイ疑惑を受けて連行され、厳しい訊問を受けた。彼はその悲痛な体験を振り返り、戦後にいち早く混血児差別撤廃の運動を提唱。ポルノグラフィーの翻訳で罰金刑を喰らいながらも、次々と混血の孤児を自分の子供として認知し、自宅を開放して保護に努めた。彼は妖怪学からＵＦＯ研究まで広範囲にわたって著述活動を行ない、混血児救済の資金とした。著述家としてまた社会活動家としての平野のあり方は、米軍基地経由で入手したウィスキーに耽溺し、酔生夢死の人生を終えた黒石とは対照的である。

黒石も平野威馬雄も、ともに年少にして得意の語学力を発揮し、文学的に注目された。パリ時代の黒石がモーパッサンに傾倒していたように、若き平野威馬雄もまたこのフランスの短編小説家に文学の範を置いていた。黒石が幼くして父親と死別したように、平野もまた、息子として深い関係を取り結ぶ前に父親に死なれた。二人ともさまざまな中学高校に通うが、行く先々で問題を起こし停学退学を重ねた。黒石が浅草で牛革の染色を生業とし、三河島で屠畜に手を染めたように、平野もまた生活に窮し、三河島で屎尿処理業に従事している。二人はこうした零落をいっこうに恥じることなく、自伝的書物のなかに記している点においても共通している。ちなみにもうひとつ、これは蛇足かもしれないが、黒石の息子滉は、戦後日本映画にあって特異な男優として活躍し、平野の娘レミは、シャンソン歌手として、また料理研究家として著名である。

にもかかわらず、戦後社会にあって黒石と平野威馬雄の歩みは、対照的なまでに異なっている。黒石が社会的な絆をすべて断ち切り、アルコールに耽溺して生涯を終えたとすれば、平野は混血児差別撤廃のため、私費を擲(なげう)って救済事業に邁進した。

二人の違いを簡単に論じることはできない。そのためには、わたしはもう一冊、平野威馬雄論を書かなければならないだろう。だが両者がその資質と世界観において著しく異なっていたことだけは、ここに記しておいても無意味ではないと考えている。平野はヴォルテールを信奉する無神論者で、そのため行く先々で神父や教師たちと衝突した。喧嘩も窃盗も辞さなかった。黒石はといえば徹底した非暴力主義者であり、「上善は水の如し」という老子の教えを生涯の最後まで座右の銘とした。黒石の戦後を無為と見なすことはたやすいが、あるいはその無為とは、本来的に敗者の哲学である老子が説いた無為であったかもしれないのである。

一九五七年の日本は大ロシアブームの年であった。前年に国交が回復されたのを機に、ソ連の芸術団体が大挙して訪日した。クラシックの演奏会とボリショイ・バレエは超満員。ロシア民謡に心酔する若者たちによって、歌声喫茶はどこも熱気に溢れていた。製菓会社は「モスクワの味」と銘打って新製品を売り出した。

大泉黒石はこのブームのさなか、横須賀の寓居でひっそりと亡くなった。ボリショイ・バレエも、コサック合唱団も、天然色映画も無関係だった。彼はロシア的なものをいっさい遠ざけ、アメリカ軍基地に長く勤続した元通訳として六四歳の生涯を閉じたのである。アメリカとソ連。何と皮肉なことだろう。冷戦体制下にあってこの組み合わせは、まさに敵どうしではないか。

若き日のロシア・ジャーナリストとしての黒石を記憶している人は、もはや日本の言論界にはいなかった。トルストイの薫陶を受け、颯爽と文壇に飛び込んでいった黒石を懐かしむ人すら皆無であった。もとより同業の文学者と親しく交際したり、徒党を組んで流派の旗揚げをするといったことを嫌った人物である。戦後にはわずかに俳句と身辺雑記の文章を残すばかりで、小説の筆を執ることはなかった。黒石は文字通り、零落の極みにおいて亡くなったのである。

戦時下で鬱屈した日々を過ごしていた少なからぬ作家たちが、社会の「解放」を待って活発に作品を発表し出したことを考えると、これはいかにも惜しいという気がする。というのも、『おらんださん』や『白鬼来』といった戦時下の長編小説には、流行作家時代には見られなかった文体のバロック的な彫琢が散見し、その気になりさえすれば、その方向で新しいジャンルに邁進することは可能だったからである。現に久生十蘭も獅子文六も戦後の混乱期にあって、水を得た魚のように活躍をしている。

黒石にはもはや新時代に立ち向かう気力はなくなっていた。ソ連と名を変えたロシアとの繫がりはとうの昔に絶たれている。アメリカ一辺倒の世の中である。陽気なヤンキーの兵隊たちに混じって接収家屋の査定を行ない、通訳として無為な日々を過ごしていた黒石を思うと、かぎりなく傷ましい。それでも東京の元家族のもとに居候を決め込んだときには、律儀に原稿用紙と鉛筆を持参していたという証言があるのだから、モノを書こうという意志はまだ心の片隅には残っていたのだろう。想い出されるのはオスカー・ワイルドの言葉である。「彼が人生を使い切ったのではない。人生が彼を使い切ってしまったのだ」。

黒石は生涯にわたり、儒教的な価値観とは無縁のところにいた。またあらゆる意味でのナショナリズムを拒み、万事に対して世界市民(コスモポリタン)としてこれに処した。共産主義であれ、ファシズムであれ、あらゆる政治的イデオロギーから距離を取ろうとし、革命後のソ連邦に対しては口を噤んだ。みずから立ち会った革命時の破壊と暴力が心中に刻印されていたのだろう。なるほど彼はロシア人の血を受けてはいたが、そのロシアは永遠に喪失されたロシアであった。

こうしたことのすべては、二〇世紀前半を生きた日本の文学者、知識人として稀有なことである。幼くしてモスクワとパリに学んだことが決定的であった。単一の、絶対の母国語をもたないこと。言語とはつねに複数の言語であり、大切なのはいつでもその場にあって、身近に語られている言語を用いて書くことだ。驚くべきことであるが、黒石にとってエクリチュールの始まりとは、パリのリセ時代になされたフランス語のヴィクトル・ユゴー博物館訪問記である。やがてそれは日本語に取って替わられるのであるが、ロシア語はもとより、ドイツ語、英語、フランス語に通じているという語学的才能と経験は、彼の文学に独自の言語的混淆をもたらすことになった。『おらんださん』をみごとなバロック小説に仕立て上げているのは、ルビという日本独自の表記法を駆使しながら、西洋の複数の言語を「自由間接話法」のもとに日本語の文脈のなかに組み込んでみせる実験家の手法である。

黒石に漢文的教養がなかったかというと、実はその逆である。中国の艶笑小説に蘊蓄を傾けたり、漢籍でもかなり専門的なところまで踏み込んで論じている。峡谷紀行を執筆する際には意識的に漢文表現を持ち込み、風景を前にした中国＝日本的鑑賞コードを自家薬籠中のものとしている。揮毫を求められれば、平然と「上善如水」と書いて人に与えた。みごとな文人趣味だとしかいいようがない。アフマートワを最初に日本語訳した黒石は、同時に南画の枠組みを通して風景を鑑賞することを享受する黒石でもあった。

儒教的な価値観の不在とは、逆にいえば老子の思想への親近感を意味している。いや、親近感などという中途半端な言葉遣いはこの際慎むべきかもしれない。私見では黒石はまさに老子の徒であった。老子とはそのベストセラー小説の主人公であるばかりではない。アナーキズム。水をめぐる物質的想像力。峡谷と湖沼への偏愛。権威主義的な真理の正確さへの嘲笑と、狂言綺語に満ちた饒舌的文体。黒石の文学を造り上げているこうした要素のいずれをとっても、それを突き詰めていくと、すべて老子思想に行き着くのである。黒石といえばロシアといったステレオタイプの認識をひとまず脇において、彼の遺したテクストをつぶさに読んでみたとき浮かび上がってくるのは、儒教的な「正名」を拒み、道家的な「妄言妄聴」を好んだ文学者の姿である。

黒石はどこで老子に出逢ったのだろうか。彼は同時代の文学者や知識人とは異なり、幼少より四書五経を叩き込まれたという教育とはまったく無縁のところで知的形成を果たしている。老子思想との接触はおそらくトルストイによるものであろうと、わたしは睨んでいる。ここで〈原初の光景〉

としてのヤースナヤ・ポリャーナについて、もう一度考えてみなければならない。

黒石が杜翁(トルストイ)と会ったのは一九〇三年か〇四年。年齢にして十歳か十一歳のときである。トルストイは当時七六歳。その名声は世界的に轟いていたが、国家も私有財産も否定し、ロシア正教会から破門を受けても一向に動じないという、過激な生き方の極致にあった。彼はその十年ほど前、一八九三年に日本人留学生・小西増太郎の協力を得て、『道徳経』のロシア語訳を刊行している。あらゆる世俗の権力を否定し、農園に隠遁するというその最晩年の生き方に、この東洋の賢者の書物は深い影を落としている。アナーキズムの哲学は、老子を媒介としてトルストイに継承されたのだ。

トルストイ・小西訳の『道徳経』は、それ自体が一九一三年に日本で翻訳刊行されている。私見では、長崎に戻り鎮西学院中学に在学中であった黒石は、このとき初めて老子の哲学に触れたのではないだろうか。いずれにしても確実なのは、彼が当時の日本の知識人の常道として、漢文の素読から老子に入ったのではないという事実である。そこには確実に翻訳が介在していた。自室にトルストイの写真を飾っていた二〇歳の青年は、かつて自分の顔を見て父親に似ていると看破した老賢者の教えとして、それを受け取ったのである。

黒石が小説家として一世を風靡していたのは、十年に満たない歳月である。その間に彼は二回にわたって大ヒットを飛ばした。最初が『俺の自叙伝』で、二度目が『老子』二部作。後者について考えてみたい。

『老子』と『老子とその子』は一応は古代中国の都市を舞台としている。前編の冒頭には『道徳経』の一節が引かれ、いかにも老子哲学を実直に絵解きした小説を装っている。だが前編には同時にロシア語の新約聖書から、また続編でもニーチェの『ツァラトゥストラ』から引用がなされている。物語の背景はといえば、おそらく雰囲気としてもっとも近いのは十九世紀のロシア小説に登場する地方都市であろう。登場人物たちは要所要所で老子の言葉を引きながらも、ほとんどロシア人のように「革命」と「無政府主義」について議論をし、テロリズムの探究に身を捧げたりする。黒石にとって老子とは古代の中国人というよりも、ロシア人であるというべきである。『老子』二部作で彼が意図していたのは、老子の思想を十九世紀の哲学思想と重ね焼きすることを通して、国家と革命というアクチュアルな問題に解答を試みることに他ならない。

黒石が小説家たることを断念して、やむをえず峡谷と温泉のエッセイに向かったという従来の説についても、『道徳経』の側に立つ者のエクリチュールとして、新たに解釈をし直す必要があるだろう。

『峡谷を探ぐる』に始まる紀行文集の核となっているのは清澄にして尽きることのない水への眼差しであり、深所に隠された水が湛えている女性性である。岩間に湧き出た温泉に身を浸していた黒石は、樵夫(きこり)の娘が突然に現われ、天真爛漫な肢体を披露したとき、思わず「谷神(たにがみ)」という表現を用いて彼女を讃美する。いうまでもなくこの「谷神」は、『道徳経』六章にある「谷神不死、是謂玄牝。玄牝之門、是謂天地根」に由来している。世界の起源としての水への畏怖が、ここでは端的に語られているのだ。

水を前に発動する想像力は、峡谷ものの著作が執筆されるはるか以前から、あたかも未生の宿命であるかのように黒石を魅惑して来たものであった。ロシア・ジャーナリストであった時期に刊行された『闇を行く人』には、ペトログラードの近隣にあった二つの湖を少年時に訪れたときの印象が、きわめて静謐な文体のもとに記されている。ラドガ湖とオネガ湖という二つの湖は、いずれも鬱蒼とした森と断崖絶壁に囲まれた秘所である。玄牝をめぐる夢想はすでにこのときに準備されていた。こうした湖がなぜ貴重なのかと黒石は自問する。それは「露西亜民謡が始めて生れた場」であるためである。こうして『露西亜文学史』の核となる民謡と民衆詩、口伝文学の意義が根拠づけられることになる。文字を与えられる以前のこうした民衆の詩と物語が重要なのは、それが清澄なる湖水によって育まれてきた言葉であるからだ。

水は変幻自在であり、つねに清澄であるわけではない。器によって自在にその形を変えるように、勢いに応じてどこまでも下方へと流れて行き、汚穢の極みに淀んだところで、いっこうに躊躇するところがない。長崎の唐人街に取材した短編では、毛細血管のようにこの異国情緒に溢れた都市の地下を流れる水路運河の類が、大きな意味をもっている。

「水善利万物而不争。処衆人之所悪」。水はすべてに恵みを与えるが争わない。人が嫌がる低所にいる。黒石の前半生を特徴づけている下層志向をもっとも的確に語っているのは、『道徳経』八章にあるこの一節である。『俺の自叙伝』の語り手が、隅田川の岸辺に設けられた「粗末な掘立小屋」で豚皮の染色に従事するとき、彼は老子の説く水の真実にもっとも近いところにいる。

「黒石」という号の「黒」は「玄」である。いうまでもなく、これは老子の偏愛した色であった。それは同時にアナーキズムの旗印であった黒旗でもあり、中世錬金術にあっては、金属が不活性な待機状態にあるネグレドを意味している。博学の黒石は読書術と骨相学の書物を著してはいるが、さすがに錬金術までは知らなかっただろう。だが彼は万物の始源にして斉同の態である〈黒〉こそがみずからの属性であると、充分に自覚していたように思われる。

ちなみにいう。日本の敗色が濃くなってきた一九四三年から四四年にかけて、黒石は二冊の書物を「大泉清」名義で刊行している。このとき「黒石」を用いなかったことについてはさまざまな憶測が可能であり、本書でもいくつかの可能性を記してみた。重要なのは彼が二冊を「黒石」のテクストとして認めなかったということである。「黒石」の号はトルストイ会見記以来、作家としての彼の矜持の徴(しるし)であった。それに対し「清」は世俗の生活者の呼称である。黒石が戦時下についに国策イデオロギーの門に下ったと非難することは簡単だが、そのさい「黒石」の号が採用されていないことに留意しなければならない。約めていうならばそれは、黒石がこの二冊を自分の著作とは認知しないという、断固たる意思表示であったかとわたしは考えている。

評伝『大泉黒石』は、これをもって完結する。

虚言家として誇られ迫害された黒石。言語という言語を横断して実験的饒舌に賭けた黒石。水の夢想に導かれ、老子の徒として無為自然を求めた黒石。さまざまな映像が現われては消えていく。百年前、一世を風靡したベストセラー作家の存在は、今日、公式的な文学史にはまったく痕跡を残さず、その著作はほとんど忘れ去られている。

とはいうものの、彼が遺したテクストをつぶさに読み進んでいくにつれ、わたしの内側に生じてきたのは、黒石の文学を大正時代という狭小な時間から解き放ち、より大きな時間のなかに羽搏かせてみたいという気持ちであった。もとよりわたしは何国誰某への影響といった安易な伝播論を口にしたいとは思わないし、その作品を安易な間テクスト性のもとに顕彰しようという打算があるわけでもない。他ならぬ黒石自身が、一世紀前にそうしたお先棒担ぎの輩に引きずり回され、流行が終わると同時に放擲された作家だったからである。彼を文学的傾向の先駆者として持ち上げる身振りの凡庸さこそ、わたしが最初に警戒しなければならないものであった。

とはいうものの、彼がひどく遠い場所にあってお互いに相知ることなく煌めいている者たちとともに、暗い夜空の片隅に、微かな光を放つ小さな星座を形作っていることも事実である。執筆に際してわたしが念頭に置いてきたのは、その星座の淡い輪郭を虚心に写し取ることであった。黒石という、その名前からして不活性な印象を与えるテクストの群れが、星辰の彼方に知己を求め、彼らと光を交わし合うさまを、それが瞬間のものであると知りながらも、活写しておきたかったのである。

あとがき

大泉黒石は世界市民(コスモポリタン)であり、世界文学の人である。彼は近代以降の日本文学にとって、単に正系から退けられた異邦人であるばかりではない。異端を突き抜けて普遍に到達しようとする稀有の存在である。昨今の比較文学研究における多言語性、脱領域性、脱ナショナリズム性への注視が、これまで虚人、虚言癖のある混血児としてしか認識されてこなかった黒石の全体像を、しだいに明らかにする文脈を整えつつある。

黒石は長崎とモスクワで小学校に通い、幼くしてトルストイの謦咳に接した。パリのリセで学び、動乱のペトログラード(現在のサンクト・ペテルブルク)を避けて日本に戻ると、京都と東京で旧制高校に学んだ。モーパッサンに夢中になり、ヴィクトル・ユゴーについてフランス語で書いたのが文筆の始まり。日本に戻ると独特の饒舌体をもってピカレスクな自叙伝を発表。文壇でたちまち脚光を浴びた。ロシア風物奇譚。異国趣味溢れる長崎もの怪奇短編。哲学的思惟とグロテスクのあい混じったメロドラマ。さまざまな持ち味の短編を矢継ぎ早に発表し、一世を風靡した。ゴーリキーとレールモントフを翻訳し、日本で最初にアフマートワの詩を紹介した。大部のロシア文学史を著する一方で、日本の深山幽谷を南画に見立て、高雅な紀行文を綴った。ホフマンの幻想推理小説を翻案し、日本最初の表現主義映画の実現に腐心し、古代哲学者老子を主人公に痛快なアクション物語を執筆した。要するに洋の東西を問わず、複数の言語と文学の間を自在に往還し、博識と戯作の文体をもって、大正時代の文壇を駆け抜けた。恐ろしい速度である。

とはいうものの、日本の文壇は彼に胸襟を開こうとはしなかった。私小説を高尚なる規範と信じ込み、日本人純血主義をもってなす既存の作家たちは、混血の寵児の活躍を許そうとはしなかった。黒石は空疎な虚言家だという風評が立ち、文壇からの追放劇が演じられた。軍靴の響きが高くなり、世間が国粋色に染め上げられた、不寛容にして偏狭な時代のことである。

黒石は街角では西洋人風の容貌を揶揄され、不条理な差別と屈辱を強いられた。言語と民族の越境を説いたその繊細な筆は、時局に合わぬものとして蔑ろにされた。とはいえこのコスモポリタンには開戦も敗戦もなかった。栄光も零落もなかった。

戦後、黒石は進駐軍の通訳として雇われた。横須賀の米軍基地のなかは気楽な空間であった。アメリカ兵の間に混じって作業をしていると、「ガイジン」扱いをされずにすむからである。黒石は知る人もないままに生涯を終えた。その死に際して彼を執筆活動へと駆り立ててきた厖大な世界文学の教養を想起する者は、一人としていなかった。

本書を閉じるにあたって、わたしがこの稀代の文学者を知り、書物を執筆するまでに到った経緯を、簡単に記しておきたい。

わたしに大泉黒石なる文学者の存在を教えてくださったのは、東京大学教養学部のゼミでわたしの指導教員であった由良君美教授である。由良先生は専門がイギリスのロマン主義文学であったが博学自在の学者で、単一言語を越え、複数の文化的出自をもつ文学者たちに深い関心と見識を抱かれていた。先生はベケットやカネッティといった「脱領域」extraterritorial な作家に注目するとともに、日本文学においてそれに相当する存在として、一九七〇年代初頭から黒石に着目されていた。この人はねえ、ちょっと日本に早く生まれすぎてしまった天才なんだよ。大学でのゼミが終わった後、先生が研究室でパイプの煙を燻らしながらそう口にされた午後のことを、わたしは今でも懐かしく憶えている。

日本では六〇年代後半に、戦前の文壇にあっては〈異端〉と見なされていた一連の文学作品の再評価が始まり、江戸川乱歩から夢野久作、久生十蘭、小栗虫太郎といった作家たちの作品が次々と復刊されていた。黒石も例外ではない。鶴見俊輔が編集した『ドキュメント日本人』第九巻（学芸書林、一九六九）、奇しくも「虚人列伝」と題された巻には、黒石の『俺の自叙伝』が部分的に収録されている。一九七二年には桃源社から『人間廃業』が復刊されていた。わたしはただちにこの奇怪な半生の回想の書を求め、一気に読み終えた。

「肩書にもいろいろあるが、泥棒と文士ほど哀れ滑稽きものは、世に絶えてないというのがこの伜の思惑だ。学問も知恵もないのは我慢するが、幇間の帽子を被り、掏模の眼鏡をかけて、洋服屋の看板みたいに、ひょろついている穀つぶしのくせに、生きているのは俺ばかりだと言わぬばかり高く止まって気取り澄ましている烏許面(おこづら)を見ると浅ましくなる。「何者老嫗生寧馨児」と支那人が言った。どこの老婆(ばばあ)の臍の穴から、こういう人間の鉋屑(かんなくず)が出て来るのか、いやに薄っぺらで、ひねくれ曲がって、吹けばコロコロ飛んで行くというのは、この連中のことだ」

　何をいっているのか、ただちにはわからない。どうやら高慢ちきな「文士」たちを思いっきり罵倒しているようなのだが、途中で突然中国語に切り替わったり、脱線に脱線が重なったりして、これは途轍もない作家だというのが、わたしの第一印象であった。ロシア・フォルマリストのエイヘンバウムに「ゴーゴリの『外套』はいかに作られたか」という論文があり、この稀代のウクライナの作家の文体に、口承芸に特有の身振り言語の痕跡が強く残っていることを細かく分析している。学生時代のわたしはこの論文を読んで、強い知的興奮を感じたことがあった。

『人間廃業』を一読したときにも同じ興奮を感じた。これを書いた人はひょっとして、日本のゴーゴリではないだろうかという直観を抱いたのである。この奇怪な自叙伝の背後には、話芸の強靭な伝統が横たわっていた。ここには香具師の口上よろしく、近代日本の高雅な文学的規範とはまったく系統を異にする、アナーキーな日本語が現象している。文字通り、生きた言葉によるポリフォニックな遊戯が実現されている。とはいえ作者の語り口の面白さに圧倒されはしたものの、それが何に由来しているのかを推測することは、大学生であったわたしの力の及ぶところではなかった。彼が大正時代にコスモポリタンの文学者として生きたことはわかったが、その全体像を把握することはまだできなかったのである。

緑書房から『大泉黒石全集』が刊行されたのは、一九八八年のことである。いうまでもなく由良君美教授の肝入りであった。当初は二期の刊行が予定され、第一期が八巻で完結のはずであったが、好評につき、知られざる傑作『おらんださん』を加えて、全九巻となった。第五巻の栞には島尾ミホから、亡夫島尾敏雄が黒石を愛読し、よく話題にしていたという便りが寄せられている。

緑書房はどちらかといえば、文学よりも東洋医学と畜産関係の出版で知られている出版社である。この出版社が忘却の彼方にあった大正時代の作家の全集を刊行するというのは、普通に考えてみると不思議なことに思えるであろう。実はこれにはちょっとした逸話があった。個人的なことではあるが、由良先生への感謝の気持ちゆえに、いささかの脱線をお許し願いたい。

一九八〇年代のあるとき、とある出版人のパーティで、由良君美は緑書房の社長中村利一と出逢った。彼らは一歳違いで、日本が敗戦を迎えたとき、十四歳と十五歳であった。話が弾み、戦時下の食糧事情の悪さに話題が及んだとき、どちらの口からともなく出たのが大泉清の『草の味』という書物であった。これは本書十八章で論じた一九四三年刊行の書物で、黒石は本名の「清」名義でそれを著している。戦時下にあってつねに腹を空かせていた二人の少年は、この書物を実用書として真剣に読んだという体験を共有していた。四十数年後にこの懐かしい書物について語り合った彼らはすっかり意気投合し、その結果、緑書房から黒石の全集が刊行される次第となったのである。

もっとも残念なことに、全集は第一期を刊行したところで中断された。編集の采配を振るっていた由良君美の急逝が原因である。そのため、短編「血と霊」をはじめとして、黒石の少なからぬ著作が未収録のままになってしまった。

どうですか。黒石の評伝を書いてみませんか。

ある出版社の編集者からそのような誘いを受けたのは、一九九〇年代の初頭、全集の第一期が完結して数年が経過したころのことである。石井研堂からきだみのるまで日本近代の公式的な学問史から排除された民間学者を選りすぐり、モノグラフを執筆するという企画である。わたしは意気に感じたが、残念ながらこの話はお断りするしかなかった。

後になって、わたしを著者として推挙してくださったのが鶴見俊輔氏であったことを知った。鶴見さんは『ドキュメント日本人』の「虚人列伝」のなかに『俺の自叙伝』を収録された人で、そもそもが黒石復権に最初に功あった人である。わたしは鶴見さんの推挙に感謝したが、正直にいって黒石について一冊の書物を上梓するだけの力が自分にはまだないと感じていた。わたしのロシア語がひどく拙く、黒石について充分な資料を読み通すことができないだろうという懸念が、理由のひとつである。ちなみに日本のロシア文学者は黒石について何の関心も持っていないようだった。わずかに中本信幸氏の論考（本書八〇頁を参照）を貴重な例外として、彼らが日本のロシア研究におけるこの偉大な先達を学問的対象として論じることは絶えてなかった。

わたしが黒石評伝をお断りしたもうひとつの理由は、その当時ようやく大学で映画学の教鞭を執ることができるようになり、日本文化研究とも一般的な映画史研究とも違った形で、日本映画研究をいかに学問として世の中に認知させるかという問題に、わたしが忙殺されていたからである。

とはいうものの、やはりこの稀有の作家のことは気になっていた。そこで『月島物語』(一九九二)を執筆する際に、ロシアから帰国した黒石が月島に住んだという『人間開業』の記述を思い出し、そのことをきだみのるの月島体験と並べて論じてみた。『月島物語』をもとにしてNHKが一時間の番組を制作したとき、わたしは『人間開業』のその箇所の朗読を黒石の令息である大泉滉氏に依頼した。氏はただちに快諾してくださり、ために番組はきわめて格調高いものとなった。わたしは滉氏に一度会って、お礼を申し上げたいと思ったが、番組が放映されてしばらくして彼は亡くなられ、その機会を逸してしまった。


黒石論をやはり書こう。書いておかなければならないと切実に思うようになったのはそれから二〇年ほどの後、わたしが大学を退き、日本映画史について教えることから離れたときである。研究者としてきわめて幸運なことに、わたしはロシア文学者である清水正教授を介して、大泉家の親族の方々に直接お会いすることができた。四女の淵(えん)さんはすでに九〇歳を超える高齢であったが、鎌倉のご自宅を訪問したところ、矍鑠(かくしゃく)たる姿勢でご尊父の思い出を語ってくださった。

黒石は背がとても高く、とても丁寧な人物でした。子供たちにむかってさえ敬語を用いるようなところがあり、ピュアそのものという感じの人でした。戦争中に別の女の人といっしょに住むといって家を出て行ったときには、父と女の人という組み合わせがどうにもピンと来ず、わたしも弟もひどく驚いていました。人に求められれば、よく老子にある「上善如水」という言葉を書にしてあげていました。……淵さんは思い出されるままにこのような話をしてくださった。黒石の人となりを知る上で貴重な談話である。

こうした思い出話の合間に淵さんは、自分の少女時代の話をされた。女学校二年生のとき、ニコライ堂で芝居をして評判になったことがあり、その後、現在のＮＨＫの前身にあたる放送局に就職した。もっとも入り浸っていたのは隣家である林芙美子邸で、この売れっ子作家に求められ、秘書のような仕事にしばらく従事したことがある。林さんからはぜひ養女にしたいという申し出があったが、父親である黒石はそれを謝絶した。あるとき、林のお遣いで鎌倉の川端康成のところに物を届けに行ったことがあった。そのとき三島由紀夫が来ていたので、二言三言、言葉を交わした……。淵さんはすでに高齢であったが凛とした美しい容貌の持主である。若き日に撮影されたポートレイトを見せていただいたが、もう信じがたいとしか表現しようのない美しさを湛えた容貌で、林芙美子どころか、川端康成までが一目見て驚いたように目を見ひらき、あの独特の眼差しでじっと見つめたという。これもさもありなんという気がした。

大泉家では淵さんに貴重な思い出話を伺えたばかりではない。次男灝さんのご息女、つまり黒石の孫にあたる古谷耀子さんにもお会いすることができた。耀子さんはご自身もエッセイストであり、生前の黒石が私蔵していた全著作を、単行本に未収録のエッセイを含め、そのまますべて所蔵されていた。わたしは許可を得て、それを自由に借り出すことができた。何という贅沢なことだろう！わたしは本書を、黒石がみずから万年筆で加筆訂正をした自著を机上で参照しながら執筆することができたのである。研究者としてこれほど理想的な環境はあるだろうかと、しばしばわたしは自分の幸運を思った。この場を借りて、耀子さんにはお礼を申し上げたい。ちなみに本書では原則的に、緑書房刊行の全集に収録されている作品の表記に関しては全集を踏襲した。未収録の作品に関しては、生前に黒石が刊行した単行本、寄稿した雑誌の表記に拠った。

本書は岩波書店発行の『図書』に、二〇二〇年八月号から二〇二二年四月号まで連載されたものをもとに、若干の加筆と訂正を施したものである。編集を担当してくださった清水御狩氏と須藤建氏に感謝したい。

本書のすべての章を書き上げた直後、二〇二二年二月、モスクワで開催された全ロシア・日本歴史文化学会で、わたしは黒石について発表を行なった。新型コロナウイルス全盛の状況下ゆえに、ZOOMでの発表である。氷点下のモスクワの公園でアイスクリームを行列して食べるという、昔から憧れていたことは果たせなかったが、学会参加者からはいくつか興味深い質問があり、報いられたような気がしたことをここに記しておきたい。どうしてこんな偉い人を、これまで日本人研究者であるわれわれは知らなかったのでしょうと発言された人もいた。

黒石について日本の近代文学の学会で発表がなされたという話を、わたしは寡聞にして知らない。父祖の国の首都でそれがなされたと知ったならば、泉下の黒石はおそらく喜んでくれることだろう。

学会での口頭発表を正式な原稿として纏め終り、学会に送ったところで、わたしはロシア軍がウクライナに侵攻したことを知らされた。

本書を執筆中、ロシア文学者の川端香男里先生が逝去された。過ぐる三三年前、わたしがバフチンの文学理論に依拠しつつ提出した、スウィフトをめぐる修士論文を審査し、学位を授与してくださった先生であり、本書で論じた黒石の『露西亜文学史』の文庫版解説の執筆者でもある。由良君美先生と川端香男里先生に教わるところがなかったとしたら、わたしが本書を書き上げることはできなかったであろう。いや、そもそも比較文学について勉強を志すこともなかったであろう。お二人から受けた学恩に深く感謝したい。

著者記す

二〇二三年二月

四方田犬彦

1953年，大阪箕面に生まれる．東京大学で宗教学を，同大学院で比較文学を学ぶ．長らく明治学院大学教授として映画学を講じ，コロンビア大学，ボローニャ大学，清華大学，テルアヴィヴ大学，中央大学(ソウル)などで客員教授・客員研究員を歴任．現在は映画，文学，漫画，演劇，料理と，幅広い文化現象をめぐり著述に専念．学問的著作から身辺雑記をめぐるエッセイまでを執筆．近著として『親鸞への接近』，『詩の約束』，『われらが〈無意識〉なる韓国』，『愚行の賦』，『さらば，ベイルート』，『パゾリーニ』．詩集に『わが煉獄』，『離火』，小説に『すべての鳥を放つ』，『夏の速度』，『戒厳』．翻訳にボウルズ，サイード，パゾリーニなどがある．『月島物語』で斎藤緑雨賞を，『映画史への招待』でサントリー学芸賞を，『モロッコ流謫』で伊藤整文学賞を，『ルイス・ブニュエル』で芸術選奨文部科学大臣賞を，『詩の約束』で鮎川信夫賞を受けた．

大泉黒石――わが故郷は世界文学

2023年4月13日　第1刷発行

著　者　四方田犬彦（よもたいぬひこ）

発行者　坂本政謙

発行所　株式会社 岩波書店
〒101-8002 東京都千代田区一ツ橋2-5-5
電話案内 03-5210-4000
https://www.iwanami.co.jp/

印刷・三秀舎　カバー・半七印刷　製本・牧製本

ISBN 978-4-00-061593-8　　Printed in Japan

大泉黒石　年譜

1893 年(明治 26 年)

10 月 21 日，長崎県八幡町(現在の長崎市)八幡神社境内にて出生．父親はロシア人外交官アレクサンドル・ステパノヴィチ・ワホーヴィチ．母親は旧士族で下関税関長の娘，本山ケイ(俗名恵子)．黒石の日本での戸籍名は大泉清．ロシアではアレクサンドル・ステパノヴィチ・キヨスキーを名乗った．父アレクサンドルは天津のロシア領事館に勤務していたが，皇太子時代のニコライ 2 世の侍従として来日．恵子はロシア名をケイタといい，もとよりロシア文学に憧れ，ロシア語を習っていた．二人は漢口で新婚生活を送ったが，出産のため長崎の実家に戻った恵子は清を産んだ後，産褥死を遂げた．享年十六．清は母方の祖母に引き取られ，大泉姓を継ぐ．

1903 年(明治 36 年)　10 歳

小学校 3 年まで長崎で過ごした後，父親を頼って漢口のロシア領事館へ．まもなく父親と死別．父方の叔母に連れられてロシアに行き，モスクワの小学校に編入．11 歳になった冬，父親の故郷ヤースナヤ・ポリャーナを訪れ，76 歳のトルストイ(1828-1910)の謦咳に接する．

1904-05 年(明治 37-38 年)　11-12 歳

日露戦争．

1907 年(明治 40 年)　14 歳

フランスに移り，パリのリセ・サンジェルマンに 3 年間在学．モーパッサンに夢中．ヴィクトル・ユゴー博物館印象記を雑誌に寄稿，評判を呼ぶ．操行不良のため退学処分を受け，スイス，イタリアを経て日本に戻る．

1914 年(大正 3 年)　21 歳

長崎の鎮西学院中学を卒業．木下尚江を愛読し，社会主義に漠然とした関心を抱く．

大泉黒石　年譜

1915年(大正4年)　22歳

モスクワへ戻り，さらにペトログラード(現在のサンクト・ペテルブルク)に移って高校へ進む．

1917年(大正6年)　24歳

二月革命．ペトログラードでの虐殺と強奪を目の当たりにし，身の危険を感じて帰国．旧制第三高等学校(現在の京都大学総合人間学部)に入学．在学中，幼馴染の福原美代と結婚(美代との間には四男五女を得る．三男は俳優の大泉滉(あきら))．学費が払えなくなり，三高を退学し，東京に移って第一高等学校に籍を置く．父親の遺産が尽きてしまい困窮，一高もまた退学する．『トルストイ研究』に「杜翁の周囲」と題して2回寄稿．筆名は「大泉黒石」．月島から浅草亀岡町まで住所を転々とする．石川島造船所書記から食肉処理場の番頭に至るまで，生業を転々と変えながらロシア文学史の研究を続け，小説家を志す．自伝には製革工場で豚皮の染色に携わったとも記述があるが，このあたりは詳らかではない．さらに麻布簞笥町あたりの路地裏や本郷に転居．

1918年(大正7年)　25歳

シベリア出兵(〜1922年)．『露西亜』に「露西亜の伝説俗謡の研究」を発表．ハルビン経由でチタに翌年春まで滞在．

1919年(大正8年)　26歳

帰国後，ロシア・ジャーナリストとして華々しく活躍．『太陽』『婦人問題』『解放』といった総合雑誌に寄稿．『露西亜西伯利 ほろ馬車巡礼』(磯部甲陽堂)，『ロシヤ秘話 闇を行く人』(日新閣)を相次いで刊行．『中央公論』編集長滝田樗陰に認められ，同誌に特異な自伝「幕末武士と露国農夫の血を享けた私の自叙伝」「『私の自叙伝』続編　日本に来てからの俺」を発表．『大阪朝日新聞』に「恋を賭くる女」を連載．12月に『俺の自叙伝』と改題して，玄文社より刊行．ただちに脚光を浴びる．

1920年(大正9年)　27歳

『中央公論』新年号に怪奇短編「黄夫人の手」を発表．同誌の「説苑」欄から「創作」欄へと進出し，「代官屋敷」「長崎夜話」といった長崎もの短

編を発表.『俺の自叙伝』も第三篇，第四篇を書き継ぐ(1921年に完結).最初の短編集『恋を賭くる女』を南北社より刊行．作家としての評判が急速に高まったことから，久米正雄ら既存の文壇作家たちが危機感を感じる．黒石への違和感を口にし，彼を警戒するようになる．

1921年(大正10年)　28歳

文士生活はますます軌道にのり，雑司ヶ谷へ転居．ゴルキー(ママ)『どん底/附録 老女物語』を東亜堂より翻訳刊行.「葡萄牙女の手紙」「天女の幻」など，多くの短編を執筆.

1922年(大正11年)　29歳

『文章倶楽部』『婦人界』『近代音楽』『東洋芸術』誌などに，ロシア事情について活発に執筆.『露西亜文学史』を大鐙閣より刊行．同書にはレールモントフの「悪魔」翻訳を収録．長編小説『老子』を新光社から刊行し，4か月で36刷．たちまちベストセラーとなる．続編『老子とその子』を春秋社から刊行．この年も短編の創作は盛ん．村松梢風，田中貢太郎らが黒石の誹謗を開始し，名声に凋落の影が見え始める．とりわけ村松は，黒石がロシア語をまったく解しないという虚偽の風評を流す．

1923年(大正12年)　30歳

『中央公論』に「大泉万歳！　黒石万歳！」「図に乗って恁んな馬鹿を見た「大泉黒石」」といったシベリア放浪ものを連載(翌年『人生見物』として刊行)．日活向島撮影所に入社．俳優部を志望したが，当時の映画会社は混血児を採用する度量なく，脚本部顧問に落ち着く．ホフマンの『マドモワゼル・ド・スキュデリー』を翻案した怪奇推理小説「血と霊」を執筆(同名の短編集を春秋社より刊行)．監督デビューまもない溝口健二が映画化する．ドイツ表現派の向こうを張ってなされたこの前衛的試みは，関東大震災の直後に公開されたこともあり，挫折に終わる．第二短編集『彌次郎兵衛喜多八』(盛陽堂)刊行．自叙伝連作を『世界人』の題名で纏め，毎夕社出版から刊行を企てるが，震災時の混乱で果たせず(後に『人間開業』と改題して刊行).

大泉黒石　年譜

1924年(大正13年)　31歳

第三短編集『黄夫人の手』(春秋社),『人生見物』(紅玉堂)を刊行．被差別部落問題を主題に据えた長編『預言』を執筆．作者の不本意にもかかわらず，出版元の新光社は『大宇宙の黙示』なる題名で刊行する．この頃は椎名町から転居して，下落合の中井に住む．書生2,3人を置き，家賃50円．隣家では林芙美子が『放浪記』を書いていた．四女淵(えん)が林の秘書代わりを務める．

1925年(大正14年)　32歳

多くの短編を発表．第四短編集『黒石怪奇物語集』(新作社)刊行．滝田樗陰死去．黒石は『中央公論』への寄稿が少しずつ困難となる．

1926年(大正15年/昭和元年)　33歳

「人間廃業」を『中央公論』に連載し，文録社から刊行．『俺の自叙伝』の全編を改題し，毎夕社出版から『人間開業』として刊行．『預言』を本来の題名で雄文堂から再刊．この頃から国粋論者や混血児排斥論者による風当たりが強くなり，ますます文壇で敬遠されるようになる．もっとも短編の創作はまだまだ盛ん．

1927年(昭和2年)　34歳

8月から新浪漫派文芸雑誌『象徴』を責任編集で刊行．第五短編集『眼を捜して歩く男』(騒人社書局)刊行．「六神丸奇譚」をもって短編の筆を折る．

1928年(昭和3年)　35歳

『中央公論』をはじめ，一般雑誌への執筆がほとんどなくなる．『象徴』は5号をもって休刊．生活に困窮し，長男淳(きよし)の青山学院の入学金捻出に苦労する．

1929年(昭和4年)　36歳

『当世浮世大学』(現代ユウモア全集刊行会)に『俺の自叙伝』全文が採録される．『グロテスク』に「勧憿淫書徵信(いんしょせいばつ)」を発表．中国の奇書淫書への博識を披露．『國民新聞』に「バアナード・ショオの社会主義と資本主義」を寄稿．第六短編集『趣味綺譚　燈を消すな』(大阪屋号書店),『峡谷を探

ぐる』(春陽堂)を刊行.

1930年(昭和5年)　37歳
『読心術』(萬里閣書房),『峡谷と温泉』(二松堂書店)を刊行.

1931年(昭和6年)　38歳
『山と峡谷』(二松堂書店)刊行.

1933年(昭和8年)　40歳
『峡谷行脚』(興文書院)刊行.

1936年(昭和11年)　43歳
『老子』を春秋社から再刊.

1937年(昭和12年)　44歳
『老子とその子』を春秋社から再刊. 滉が児童劇団東童に入り,『風の又三郎』の舞台(1939)で一郎を主演. 天才子役として評判となる. 芸名は大泉ポー.

1941年(昭和16年)　48歳
長編『おらんださん』を大新社より刊行. 小説家として復帰する.

1942年(昭和17年)　49歳
美代と離婚. 菊地某なる女性と高円寺(?)にて同棲. 後に横須賀へ移る.『露西亜文学史』を霞ケ関書房より再刊.『山の人生』と長編小説『白鬼(パイクエイ)来(ライ)　阿片戦争はかく戦はれた』を大新社から刊行.

1943年(昭和18年)　50歳
本名の「大泉清」名義で『草の味』を大新社から刊行.

1944年(昭和19年)　51歳
「大泉清」名義で『ひな鶯わか鶯』を大新社から刊行. 畏友辻潤が窮乏死. 久米正雄は日本文学報国会事務局長として, 村松梢風は「支那通」として

健筆を振るう．

1945年（昭和20年）　52歳

日本の敗戦．外務省に赴き，進駐軍通訳官の職を得る．横須賀米海軍基地に勤務．キャンプ・マッギル（武山海兵団宿舎の「兵隊屋敷」）に居を構え，御幸浜にある日本海軍施設の破壊作業に立ち会う．旧日本海軍の大テーブルを持ち出し，自宅にて使用．仕事の余禄としてコーヒー，ウィスキーをはじめ，さまざまな進駐軍物資を獲得．一方，疎開先から東京に戻った美代は旺盛な生活欲を示し，滝野川に新居を構える．

1946年（昭和21年）　53歳

身辺雑記「海兵図書館（マリン・ライブラリー）」を『東京新聞』に，「銃剣（ベイヨネット）を研ぐ」を『朝日新聞』に寄稿．肩書は「通訳官」．

1950年（昭和25年）　57歳

横須賀基地周辺で英文の恋文代筆をし糊口をしのぐ．滝野川の美代宅を訪れ，しばらく居候．横須賀に戻るが，その後もときおり滝野川を訪れ，原稿料の半分を美代に渡していた．この年以来，句誌『みづおと』に俳文をしばしば執筆．

1951年（昭和26年）　58歳

大泉滉（文学座）が大映映画『自由学校』（吉村公三郎監督）でアプレ青年を演じ，「とんでもハップン」という科白が流行語となる．

1952年（昭和27年）　59歳

SPB（特別調達庁）の仕事で接収家屋の寸法取りの作業に従事．「兵隊屋敷」とは別に，横須賀市の山中，坂本町3-30に小さな家を借りる．大泉滉が溝口健二『西鶴一代女』で助演．

1953年（昭和28年）　60歳

朝鮮戦争休戦とともに「兵隊屋敷」を去る．水兵が軍艦からもちだしたコーヒー缶や洋酒を横須賀の洋食品店に横流しして，生計の足しとする．

1954年(昭和29年)　**61歳**

ふたたび滝野川に戻るが，自分の個室がないため鬱屈．

1957年(昭和32年)　**64歳**

10月26日，横須賀市坂本町にて脳溢血で逝去．小平墓地に墓が設けられる．

1984年(昭和59年)

次男灝(けん)の遺稿集『赤い泥鰌』(私家版)に，父黒石を回想するエッセイが収録される．

1988年(昭和63年)

『大泉黒石全集』第一期(全九巻)が緑書房から刊行される．第二期以降は未刊行．